OEUVRES COMPLÈTES
DE A. BARGINET,
DE GRENOBLE.

LES
DEUX SEIGNEURS

DU

VILLAGE.

HISTOIRE DE CE TEMPS.

TOME DEUXIÈME.

PARIS,
MAME ET DELAUNAY-VALLÉE, LIBRAIRES,
RUE GUÉNÉGAUD, N. 25.
1828.

DE L'IMPRIMERIE DE LACHEVARDIERE.

LES DEUX
SEIGNEURS
DU VILLAGE.

DE L'IMPRIMERIE DE LACHEVARDIERE,
RUE DU COLOMBIER, Nº 30, A PARIS.

LES DEUX
SEIGNEURS
DU VILLAGE,

Histoire de ce temps,

PAR A. BARGINET
(DE GRENOBLE).

La peste soit de l'opinion populaire ! un
bomme peut la porter des deux sens, à
l'endroit et à l'envers, comme un pourpoint
de peau.

SHAKSPEARE.

TOME DEUXIÈME.

PARIS,
MAME ET DELAUNAY-VALLÉE, LIBRAIRES,
RUE GUÉNÉGAUD, N° 25.

M DCCC XXIX.

LES DEUX

SEIGNEURS

DU VILLAGE.

~~~~~~~~~~~~~~~~~~~~~~~~~~~~~~~~

CHAPITRE VI.

Le Xénophon du village.

La jolie Cécile ne formait point à
elle seule toute la famille de l'honnête fermier; c'est une circonstance
qui a dû être révélée au lecteur par
quelques mots jetés comme par hasard à la fin du chapitre précédent, et
dont nous n'avons point trouvé l'occasion de l'instruire plus tôt. Feu madame Bernard, remarquable par des

2.   1

formes un peu masculines et par ce
teint foncé qui ne nuit point à la
beauté parmi des gens qui connaissent
le prix du travail, et qui ont souvent
souffert de l'ardeur des rayons du soleil, n'avait donné le jour à l'aimable
fille qu'après avoir successivement
doté la couche nuptiale de six garçons aussi beaux que vigoureux. Ils
avaient tous vécu et grandi à la ferme,
qu'aucun d'eux n'avait jamais voulu
quitter quand la mort eut privé leur
père de sa compagne toujours bien-
aimée, malgré quelques démentis for-
mels donnés, dit-on, autrefois à sa fidélité conjugale.

Dans les vieux temps, où il suffi-
sait d'avoir un bras capable de lever
la lance et de *férir* de grands coups
d'épée pour acquérir dans le monde
une haute réputation de courage et
de noblesse, j'aime à croire que les
fils Bernard, s'ils n'eussent pas con-

quis des royaumes comme les vaillants fils de Tancrède, auraient du moins été la souche d'une lignée aussi brave et aussi redoutable que celles d'où sortaient les paladins du temps d'Arthur et de Charlemagne. Mais dans notre siècle dégénéré, où la loi est censée venir au secours du faible, les exploits des Bernard furent d'une nature moins brillante et moins faite pour mériter les regards capricieux de la renommée. Cependant leur taille élevée, leur force athlétique et leurs favoris noirs et crépus imposaient dans le pays un profond respect pour cette belle et nombreuse famille. Lorsqu'il s'élevait dans la contrée une de ces contestations violentes qui arment souvent en Dauphiné les unes contre les autres les populations de plusieurs villages, l'intervention formidable des Bernard, comme celle de ces corps pesants de cavalerie qui conservent

le nom de cuirassiers, faisait pencher
la balance du côté du parti qu'ils
avaient adopté. Les champions les
plus déterminés d'un joueur de boule
ou d'une jeune fille n'osaient faire
tête à des adversaires si redoutables, et
qui, à leur force physique véritable,
joignaient une force morale non moins
grande dont les entouraient la crainte
ou l'affection publique. Il n'est pas
permis de prononcer entre ces deux
sentiments, car, malgré les progrès
évidents de la civilisation et de l'ordre légal, le peuple a partout conservé le plus profond respect pour les
larges épaules et les poignets robustes,
sans s'inquiéter beaucoup des bonnes
qualités qui accompagnent ces dons
de la nature.

Aucun des frères Bernard n'était
positivement ni querelleur ni emporté ; on aurait plutôt dit que leur force
peu commune ressemblait à celle de

ces dogues généreux qui méprisent les cris impuissants des roquets, et ne daignent pas se servir contre eux de leurs dents redoutables ; mais leur intime et tendre amitié, leur union parfaite, qui ne permettaient pas d'avoir à faire à l'un d'eux sans les avoir tous sur les bras, leur donnaient individuellement une telle assurance, que leur confédération fraternelle pouvait passer pour hostile aux yeux de quiconque ne les aurait pas bien connus. Il existait cependant un homme devant lequel s'humiliait la fierté des six braves défenseurs de l'honneur du clocher de Saint-Etienne; il y avait une voix qui les rappelait à la soumission et à la paix, quand, par hasard, dans une réunion bruyante, dans une rixe imprévue, la foule se dispersait devant les Bernard comme les vagues de la mer sillonnée par la quille profonde d'un majestueux na-

vire. Alors, et à un seul signe de l'individu dont nous voulons parler, les
valeureux jeunes gens, échauffés par
la colère et la piquette, devenaient
doux et timides et reprenaient le chemin de la ferme, non sans montrer
le poing cependant à leurs heureux
adversaires. C'est ainsi qu'une troupe
indisciplinée d'écoliers s'enfuient intimidés par la présence inopinée du
surveillant du collége, inexorable
tyran de l'enfance, quand ils sont
surpris par ce fonctionnaire à mine
renfrognée dans un verger qu'ils met-
tent à contribution.

Celui qui pouvait dompter aussi facilement la fougue de nos Alcides n'était
autre que Jacques Bernard lui-même.
Jamais père ne reçut mieux que lui de
la part de ses enfants des preuves plus
multipliées de leur tendresse, mais
aussi jamais famille ne fut plus chérie par son vénérable fondateur. Com-

me les patriarches de l'antiquité, le bonheur de M. Bernard était de se trouver le soir, après les rudes travaux de la campagne, au milieu de ses nombreux enfants, pour lesquels il était un objet de vénération et d'amour. Il les aimait tous également; mais si une affection plus prononcée ou une préférence plus marquée paraissait l'animer envers quelques uns d'entre eux, ceux qui ne partageaient pas cette faveur paternelle ne s'en montraient point jaloux. Il semblait au contraire que les membres de la famille à qui le bon père montrait un peu plus de prévenance devinssent de la part de tous les autres des êtres d'une nature supérieure, et qui méritassent plus d'égards. Telle était la situation de Jacques, l'aîné de toute la famille, et qui commençait déjà à arriver à l'âge mûr, aussi bien que celle de Cécile, la plus jeune, déjà

connue et aimée du lecteur, comme
nous sommes diposé à l'espérer.

Jacques remplaçait son père dans
beaucoup de circonstances. L'âge du
fermier ne lui permettait plus de faire
des voyages à Grenoble ou à Lyon, et
d'aller aussi souvent qu'autrefois traiter d'affaires au cabaret. Son fils aîné
pouvait donc être regardé comme le
ministre des finances de cette maison,
qui, attendu son nombreux personnel,
avait besoin de beaucoup d'ordre et
d'économie pour conserver l'aisance
réelle et l'apparence de fortune dont
elle jouissait. Le département de l'intérieur était dévolu à Cécile; elle avait
le droit exclusif de commander aux
servantes et d'ordonner les apprêts
des repas; elle était même souvent
forcée de quitter le charmant pavillon où elle se livrait à l'étude, pour
visiter la laiterie, la basse-cour, et
faire par elle-même des travaux d'un

tout autre genre. Heureusement pour Cécile, que, jouissant dans toute leur étendue des priviléges de favorite, elle avait pu faire rejaillir sur l'un de ses frères les avantages qui y sont attachés, et admettre Michel, le plus jeune après elle, au partage de sa puissance. C'était lui qui était venu la chercher chez Geneviève Besson, et qui n'aurait pas facilement cédé à un autre le plaisir d'être utile ou agréable à sa sœur. Michel avait à peu près vingt ans, un cœur droit et honnête, et une tête un peu légère, qui, sans le secours de ses frères, aurait été plusieurs fois livrée aux soins du docteur du village, comme pièce d'étude sur les contusions produites par le contact violent du poing et du bâton.

Nous ne ferons connaître plus particulièrement les autres Bernard que dans le cas où cette précaution serait absolument nécessaire.

C'était par affection pour leur vieux père que les jeunes gens n'avaient jamais manifesté l'intention de voir le monde ou de suivre une autre carrière. Ils avaient sacrifié à ce sentiment profond et respectable tous les goûts de leur âge. Le bruit d'un tambour et l'aspect d'un drapeau faisaient encore battre leur cœur ; plus d'une belle fille du pays avait reçu leurs serments ; mais aucun d'eux n'avait un moment songé à se faire soldat ni à se marier. Quand la conscription atteignit les aînés, Bernard fit d'immenses sacrifices pour leur conserver la liberté, mais il arriva une époque où il fallut se séparer de Jacques, qui servit un an dans les gardes d'honneur. Le bon père, à dater de ce jour de deuil pour la famille, ne connut plus ni joie ni plaisir. Il était trop bon patriote pour approuver les guerres injustes et désastreuses de Bonaparte, et il ai-

mait trop son fils pour que l'idée de
l'avancement qu'il pouvait acquérir
le consolât de son absence. Quand la
France acheta si chèrement la paix
des mains de ceûx qu'elle avait
vaincus tant de fois, Jacques quitta
son bel uniforme avec quelque regret,
mais il accourut sain et sauf au milieu de sa famille, et la joie du vieillard
lui imposa le devoir de ne plus s'en
séparer.

Les fils Bernard ne partageaient
point les pacifiques opinions de leur
père, et quand Jacques était à l'armée, ils se réunissaient en secret pour
lire les journaux, qui étaient habituellement commentés par le brave
Guillot, de retour au village depuis
plusieurs années, et mis hors de service par la mutilation cruelle qu'il
avait supportée. Il avait tous les souvenirs et tout le zèle aveugle d'un
vieux soldat; il ne savait rien dans

le monde qui fût au-dessus d'une
épaulette et d'une épée, et l'ancien
chef de l'État était l'idole de son
cœur. Il n'en parlait jamais qu'avec
attendrissement et respect, et repous-
sait avec une incrédulité qui faisait
plus d'honneur à sa fidélité qu'à sa
raison les nouvelles qui annoncèrent
sa fin malheureuse. Pour échapper à
l'injurieuse et infâme inquisition
qu'une politique ombrageuse et ty-
rannique fit long-temps régner dans
nos villes et nos hameaux, son affection pour l'illustre exilé savait trouver
des noms qui échappaient à la curiosité dangereuse des agents secrets de
la tyrannie. Les jeunes gens partageaient l'enthousiasme de Guillot, et
quand Jacques leur aîné fut de retour parmi eux, et qu'ainsi ils n'eurent plus la crainte d'affliger le cœur
du vieillard, le vieux soldat, entouré
de cette famille estimable, de leurs

serviteurs et de quelques voisins, donnait une libre carrière à son imagination. Il avait suivi les drapeaux républicains en Italie et en Égypte ; il avait combattu à Austerlitz, à Jéna, à Friedland : c'était à cette dernière journée que le vétéran avait perdu son bras, et que l'étoile des braves attachée sur sa poitrine par son chef adoré avait ranimé son cœur qui allait cesser de battre.

Dans la soirée du jour où nous avons placé le commencement de cette histoire, il y avait beaucoup de monde à la ferme, et la grande salle où se faisaient les apprêts du souper présentait un tableau d'activité et de mouvement dont on essaiera de donner une idée. Cette pièce commune à tous les commensaux du logis était un vaste carré long, où, malgré la rustique simplicité de l'ameublement, tout respirait l'aisance du

maître et une propreté qui rappelle
l'Angleterre dans les fermes dauphinoi-
ses de quelque importance Une table
en bois de noyer longue et épaisse, à
laquelle le temps avait donné un poli
que l'art n'aurait pu atteindre et un
vernis d'une belle couleur noire, occupait le milieu de la salle. L'une de
ses extrémités était recouverte d'une
nappe blanche, faite avec du chanvre
produit de la ferme et filé par les servantes. Elle était garnie d'environ
une douzaine de couverts d'argent
rangés avec ordre et qui devaient
servir à la famille et à ses hôtes ; des
assiettes en terre rougeâtre remplissaient la seconde partie de la table, qui
était privée de cet ornement, et où les
travailleurs et les domestiques attachés à la maison devaient prendre
leur repas en même temps que les
maîtres. La table, qui était fortement
scellée dans le plancher, se trouvait en

face d'une immense cheminée, sous le manteau de laquelle, dans les soirées d'hiver, plus de vingt personnes pouvaient s'asseoir à l'aise. Ce reste précieux de l'hospitalité de nos ancêtres ne se retrouve plus aujourd'hui que dans les campagnes et dans les maisons habitées par d'anciennes familles d'agriculteurs. Un buffet en bois de noyer et dont les rayons supérieurs étaient garnis de vaisselle d'argent et de vaisseaux de cuivre nettoyés avec soin, occupait une autre partie latérale de l'appartement. Les murs étaient, au reste, convenablement garnis d'armes de chasse, de selles, de brides et d'instruments d'agriculture. Deux grandes lampes suspendues à des solivaux noircis qui attenaient au plancher supérieur répandaient dans la salle une clarté à laquelle ajoutaient encore les flammes du vaste foyer devant lequel rô-

tissaient des dindons , des canards et
un énorme gigot de mouton.

Quoique la température de ces con-
trées soit en général fort douce, et que
durant l'été on y éprouve d'insuppor-
tables chaleurs, il s'y lève le soir, au
printemps et en automne, un vent
frais et piquant, qui fait trouver,
comme on dit dans le pays, un *petit
air de feu* très agréable dans ces sai-
sons de l'année. Aux approches de la
nuit, les jeunes gens rentrèrent successivement et prirent place à un cer-
cle qu'ils formèrent à une certaine
distance de la cheminée. Guillot, qui
paraissait triste et rêveur, entra avec
un groupe des fils du fermier, et alla
s'asseoir silencieusement à sa place
accoutumée, bien que plusieurs tap-
pes sur l'épaule lui eussent déjà rappelé qu'il était le bien-venu, et qu'on
le voyait toujours avec le même intérêt.

Jacques Bernard allait et venait dans l'intérieur de la maison avec plus d'empressement qu'à l'ordinaire ; il avait un air prodigieusement affairé et mystérieux. Son large chapeau avait été remplacé par un bonnet de soie noire , que, dans sa préoccupation inusitée, il avait mis sur l'oreille; il se promenait en long et en large , s'arrêtait souvent quand la porte s'ouvrait, et continuait sa promenade en sifflant et en regardant au plancher comme s'il eût été trompé dans son attente. Ses fils s'étaient bien aperçus de la situation extraordinaire de son esprit, mais ils n'étaient pas dans l'habitude de le questionner, et, après lui avoir serré la main l'un après l'autre, ils avaient été se ranger autour de Guillot en lui parlant à voix basse sur le sujet ordinaire de leurs entretiens.

— Jacques, avait dit plusieurs fois le fermier, n'as-tu pas vu Cécile, mon

2.

1.

garçon, et ne sais-tu pas où elle est dans ce moment?

— Non, père, répondit Jacques, mais j'espère que vous n'en êtes point inquiet; il n'est pas tard, et la petite s'amuse sans doute à jaser chez une voisine.

—Ah!...oui, Jacques, c'est bien possible; tu as raison, mon garçon. Quand elles vous ont l'amour en tête, continuait-il tout bas, au diable qui peut savoir ce qui leur passe dans l'esprit !

La même question de la part du père avait déjà reçu plusieurs fois la même réponse, et la promenade du vieillard continuait. Cependant Michel s'était levé, et après avoir fait un signe d'intelligence à son frère Jacques, il était sorti pour aller à la recherche de Cécile, qu'il trouva enfin, quand la soirée était déjà avancée, chez Geneviève Besson, comme on l'a vu précédemment. Pendant cet intervalle, M. Édouard entra dans la salle avec un respectable vieillard , couvert de l'habit ecclésiastique , qui s'appuyait sur son bras. Un ah! bien prononcé, signe non équivoque de la satisfaction du fermier, annonça que l'arrivée de ces deux personnages était l'objet qui l'occupait le plus. Bernard courut au devant d'eux, et salua le vieillard avec toutes les marques d'un profond respect, en même temps qu'il sourit en faisant un signe de la main à M. Édouard. Leur présence troubla un moment l'auditoire, jusque là attentif, de Guillot, qui, se levant aussi, ôta à demi son bonnet ; mais on aurait pu remarquer qu'il évitait les regards d'Édouard avec un soin tout particulier.

M. Manuel, car on devine bien que cet ecclésiastique était le curé de Crossey, avait une de ces physionomies remarquables qui inspirent à la fois

le respect et la confiance. Les souffrances qu'il avait supportées dans un
temps de misères et de persécutions, en
influant sur sa santé, n'avaient point
cependant altéré la sérénité de ses
traits. C'était un homme d'une taille
ordinaire, mais droite encore et bien
prise; son front, entièrement chauve,
était recouvert d'une calotte noire,
par-dessus laquelle il mettait son chapeau canonique; son visage était légèrement pâle et maigre, il avait un
air de langueur et de faiblesse que la
difficulté qu'il éprouvait à marcher
rendait plus évident. Mais ses yeux,
qui brillaient toujours de tous les feux
de l'intelligence, et le sourire bienveillant qui effleurait ses lèvres prouvaient
que les infirmités dont la nature
afflige les derniers jours de l'homme
ne s'étaient étendues ni sur les facultés
de son esprit ni sur les rares qualités
de son cœur.

— Ah ! bonsoir, Monsieur le curé,
dit Bernard. Vous êtes toujours exact...
Guite, portez tout de suite de la lumière
dans mon cabinet ; m'entendez-vous,
paresseuse ? et puisse le diable vous
emporter !.... Voilà encore que je
m'oublie : mille pardons, Monsieur le
curé.

— Vous voyez bien, Bernard, répondit M. Manuel, que nous sommes
tous les deux trop vieux pour changer
d'habitudes. Mais pourquoi dérangez-
vous cette pauvre fille ? il me semble,
mon cher ami, que nous pouvons très
bien attendre ici l'heure du souper...
Et sur ce, Bernard, je vous rappellerai
la promesse que vous m'avez faite : je
ne veux pas passer pour avoir une
sévérité ridicule, mais si vous me for-
cez, comme la dernière fois, à prendre
du café et des liqueurs...

— Ne parlons pas de cela, Monsieur le curé, n'en parlons pas ; vous

serez toujours obéi dans la maison de
mon père. Mais, ajouta-t-il d'un ton de
voix beaucoup moins élevé, je suis passé une seconde fois au presbytère, et je
ne vous y ai pas rencontré. J'ai quelque
chose à vous communiquer en particulier, Monsieur le curé.

— Très volontiers, Bernard, dit le
bon prêtre. Je suis fâché de vous
avoir occasioné une peine inutile.
Édouard a jugé à propos de ne pas
venir à l'heure du repas., j'étais
inquiet. Édouard est un chasseur
déterminé, et, comme le Nemrod de
l'Ancien Testament, il oublie tout
quand il est avec le Seigneur au milieu
des bois.

— Vous m'avez pardonné, mon
ami, répondit Édouard avec tristesse,
car c'était le nom qu'il donnait habituellement au curé; mais je vous prie
encore d'excuser ma négligence, que
je ne sais vraiment à quoi attribuer.

Bernard ferma un œil en fixant le curé avec l'autre, et relevant la lèvre inférieure comme pour lui dire : Je le sais bien, moi !

— Il y a de la lumière dans votre cabinet, Monsieur, dit une servante fraîche et robuste en faisant une révérence au curé.

— C'est bien, Guite, reprit Bernard : vous êtes une bonne fille quand vous le voulez. Donnez-moi votre bras, Monsieur le curé, nous sommes à vous dans un instant, Monsieur Édouard.

Le jeune homme se contenta de faire un léger mouvement de tête, et après avoir jeté autour de lui un regard timide, il s'assit en soupirant à peu de distance du groupe nombreux qui entourait Guillot et tenait la cheminée en état de blocus. C'était Cécile qu'il cherchait, son absence le rendait indifférent à tout ce qui se passait autour de lui; et faisant signe aux fils de Bernard de ne point se déranger, il parut bientôt plongé dans une profonde rêverie. Après quelques instants de silence de nombreux coups de coude invitèrent Guillot à continuer le récit qu'il avait commencé avant l'arrivée du curé et d'Édouard.

— Où en étais-je? mille noms d'un diable!... dit-il tout bas à Jacques, qui se trouvait le plus près de lui.

— Tu nous a laissés dans le désert, répondit Jacques sur le même ton.

— Oui, dit un des frères, au moment, Guillot, où vous vous trouvâtes à côté de lui!... Vous savez bien?...

— Et c'est une chose que je n'oublierai jamais, mes amis, reprit Guillot en soupirant profondément. Nos souliers étaient usés et le sable du désert nous brûlait la pointe des pieds; c'était comme si vous vouliez danser sur ces cendres rouges... Suivez bien le

mouvement. C'était un soir... et que
le diable m'emporte ! si le soleil sur
nos montagnes est aussi réjouissant
que les étoiles dans ce pays. Quand il
se levait ce que les savants et les ma-
rins appelaient une brise d'ouest, et
que par hasard nous avions un peu
d'eau dans nos outres, c'était une véritable fête pour toute l'armée. Nous
dansions, nous chantions des ron-
des.... Eh ! allez donc ! on s'embras-
sait, on parlait du pays... Vous êtes des
bons enfants, vous autres, mais vous
ne savez pas ce que c'est que le nom
de France prononcé dans ces déserts,
où le diable n'a jamais passé, et où la
32ᵉ demi-brigade filait au son du
tambour. Oui, ça vous prenait là, au
cœur; on se regardait, et nous pleu-
rions quelquefois comme des imbéciles... Où en étais-je donc ?... ah !
c'était un soir, mais il n'y avait pas
plus de brise que sur ma main ; nous

avions fait dix mortelles lieues, dix lieues de Dauphiné, mes enfants, par un soleil... quel soleil...! bah! il n'y a pas moyen de vous en donner une idée. Nous n'avions pas faim, mais la soif... Oh! mes amis, j'ai fait vœu de ne jamais refuser à qui que ce soit un verre d'eau et même de vin... Eh bien! c'est égal, on allait toujours, parceque, voyez-vous, l'ancien était là; il marchait à côté de nous, il souffrait comme nous, et que le diable m'emporte! s'il se plaignait.... On a beau dire, c'était un homme!...

Les traits du vétéran s'étaient animés tout-à-coup; il n'entendit pas même le frémissement d'enthousiasme que ses dernières paroles avaient excité parmi ses auditeurs; ses yeux étaient fixes et brillants, comme si une larme eût roulé dans leur orbite. Édouard, distrait un moment de sa préoccupation rêveuse, leva sa tête

pâle, un sourire imperceptible froissa
ses lèvres, et, croisant ses bras sur sa
poitrine, il écouta en silence et avec un
intérêt indéfinissable le récit du vieux
soldat, poétique encore, malgré la simplicité familière des expressions dont
il se servait.

—Tu l'as vu aussi, toi, Jacques, continua Guillot, mais ce n'était plus la
même chose ; de mon temps il était
jeune et maigre; ses cheveux tombaient
sur son uniforme; et l'on aurait dit que
le général n'avait que peu d'heures à vivre; mais quand il vous regardait, on
voyait dans ses yeux que c'était lui qui
souffrait le moins. Un soir donc nous
étions harassés de fatigue, notre langue
était attachée au palais, et le vent était
aussi chaud qu'en plein midi. C'est à
peine si les tambours pouvaient battre
pour annoncer la halte, et nous tom-
bions alors sur le sable, comptant bien
ne plus nous relever. J'avais conservé

une gourde pleine d'eau, et depuis trois jours, mes enfants, je n'osais y toucher... Un jeune officier vint s'asseoir auprès de moi... Il était pâle et défait, autant que j'en pouvais juger, car pour la première fois depuis bien long-temps on ne voyait pas le ciel, qui était couvert de nuages, et d'ailleurs nos yeux fatigués par ce chien de soleil ne pouvaient presque plus distinguer les objets.

— Camarade, lui dis-je, as-tu soif? Tu es plus jeune que moi, tu souffres... veux-tu de l'eau?...

— De l'eau ! de l'eau ! crièrent une foule de voix rauques et défaillantes... quelqu'un de la 32e a de l'eau!

— Paix ! dit l'officier, qui fit entendre un gémissement sourd en portant les mains sur sa poitrine. Me reconnais-tu, camarade ? continua-t-il en s'adressant à moi.

— Comment te reconnaîtrais-je ?

lui répondis-je : on n'y voit pas plus
que quand on joue au colin-mail-
lard... Mais c'est égal : vive la république !

—Tu sais que l'eau est rare, continua l'officier en saisissant mon bras :
cache bien le trésor que tu possèdes,
mon brave.

Je veux que le diable m'emporte ! mes enfants, ajouta Guillot
par forme de commentaire, si la
voix de ce jeune homme n'était pas
douce comme celle d'une femme ; et
cependant, voyez-vous, elle m'imposa
un respect... Je me levai involon-
tairement sur mon séant, et je portai
la main droite à mon chapeau à trois
cornes ; il me sembla que j'avais déjà
entendu cette voix, et je n'osai plus
tutoyer l'officier ni l'appeler camarade.

—Mais, mon officier... mon général, repris-je en hésitant, la gourde

est à votre service ; je suis un grenadier de la trente-deuxième, et vous
savez ce que ça veut dire.

—Merci, grenadier. Vois-tu là-bas,
à l'horizon, cette large bande de nuages blancs ?

—Je crois que oui... attendez donc,
mon général, ma foi, oui, je vois bien
distinctement ce que vous voulez désigner.

— Eh bien ! c'est le jour. Sous ces
climats, le crépuscule ne dure qu'un
instant ; dans cinq minutes le soleil
sera levé, nous nous remettrons en
route, et dans trois heures nous aurons
de l'eau, de l'ombrage, et des Turcs à
battre.

—Parole d'honneur, mon général?

—Oui, grenadier, et je ne donne
jamais d'autre parole.

— Excusez, mon général, mais
toujours la gourde est à votre service!

Dans ce moment, continua Guillot en donnant à son récit animé les formes plus simples de la narration, dans ce moment les objets devinrent plus distincts, et tout-à-coup, comme je l'ai vu une fois à l'Opéra de Paris, la nuit disparut, et le soleil se montra dans le ciel semblable à un boulet rouge et large comme six pains de munition. L'officier s'était levé aussi, je le regardai... c'était lui! c'était le général en chef; il tenait une carte géographique à la main, et désignait plusieurs points à des généraux qui l'entouraient. Il y avait parmi eux un grand brun, galonné comme un tambour major... Murat!... ajouta Guillot avec effort, un bon enfant tout de même!

— Approche, grenadier, me dit l'ancien; donne-moi ta gourde.

— La voilà, mon général.

— Tiens! disaient les autres, est-il bête, Guillot! Je t'en donne un assignat de cent francs et une portion de riz, cria le sergent de ma compagnie.

— Paix! dit encore le général. Et je vous réponds que quand le petit bonhomme parlait de cette façon et qu'il élevait la tête, c'était comme quand on tire au sort pour fusiller un camarade, personne ne disait mot.

—Grenadiers de la trente-deuxième demi-brigade, voilà un de vos camarades qui a pu conserver un peu d'eau, il veut s'en priver pour votre général…. il n'y en a pas pour tout le monde, et je ne puis l'accepter : les soldats français n'ont plus qu'une chose à apprendre, c'est la patience. Il débouche la gourde, et renverse l'eau sur le sable… Il me serra la main… oui, mes amis, il a serré cette main. On cria, Vive la république! le tambour battit, et nous nous remîmes en marche. Le général tint parole : trois heures après nous traversions des plaines de verdure, et nous avions de l'eau.

Guillot garda de nouveau le silence, et il n'est pas possible de reproduire les émotions profondes qui paraissaient remuer le cœur du vieux soldat. Les jeunes gens le regardaient avec admiration, et semblaient suivre avec anxiété le mouvement des lèvres de Guillot, qui donnait sans doute des regrets à la mémoire de son général.

— Et cependant, Guillot, dit Jacques, tu vois bien qu'il t'a oublié, comme tant d'autres qui l'aimaient autant que toi...

— Qui dit cela?. s'écria le vétéran avec chaleur; est-ce un homme du pays, un Dauphinois qui a porté l'uniforme? Mille tonnerres!... Non, Jacques, non, mes amis, il ne m'a point oublié; et quand cela serait, après tout? étais-je donc le seul dans l'armée qui méritât son souvenir? a-t-il

oublié Matthieu, mon ancien camarade?... Non, non, il l'a fait général, et
Matthieu le méritait bien, je puis le
dire, moi, il le méritait bien. Non, il
n'a jamais oublié un vieux soldat.
Plus de douze ans après j'étais éten-
du sur le champ de bataille de Friedland avec un bras de moins ; je n'a-
vais plus de sang... il y avait tant de
pauvres diables, de braves gens, je
voulais dire, à secourir, qu'on ne pouvait songer à moi. Je croyais bien,
mes enfants, que je ne reverrais jamais
le clocher de Saint-Étienne de Crossey ; je disais adieu à nos montagnes et
aux bons garçons de ce pays. Tout-
à-coup j'aperçus dans le lointain le
cheval blanc, la capote grise et le petit chapeau... c'était encore lui !... Il
visitait le champ de bataille ; et quand
il passa près de moi, je fis un effort, je
m'appuyai contre un tronc d'arbre, et
je me levai à demi. Je vis qu'en re-

gardant autour de lui il s'essuyait les
yeux : c'était la première fois qu'il pleu-
rait.... Il y avait de quoi, nom d'un sort !...
Plus de dix mille braves soldats
étaient là étendus... Ah ! ne parlons
pas de cela : que de sang inutile !....
Croyez-vous qu'il m'aperçut ? oui,
c'est la vérité ; il franchit aussitôt un
large fossé, et fit galoper son cheval
jusqu'à moi ; tout son état major le
suivait.

— N'as-tu pas fait la campagne
d'Égypte ? — Oui, sire. — N'as-tu pas
servi dans le trente-deuxième demi-
brigade ?—Oui, sire. — Larrey, voyez
donc, au nom du ciel, si l'on peut
sauver la vie de ce brave. — Sire, l'ampu-
tation est nécessaire. — Tout de suite,
Larrey, tout de suite, je vais vous aider.

— Il descendit de cheval, continua Guillot d'une voix émue ; il me
soutenait, il me serrait entre ses
bras, tandis que le damné chirurgien

que Dieu le bénisse cependant, le brave homme! il me sciait le bras comme un enragé. Oh! comme je souffrais! je n'osais pas crier... il était là... il mettait sa main sur mon cœur... mais, va te promener! je perdis connaissance. On me mit sous le nez quelque chose qui me piqua. Quand j'ouvris les yeux, tout était fini, mon pauvre bras était proprement empaqueté. Lui, il était toujours là, je sentis que sa main tremblait, et quand je voulus la retenir avec celle qui me restait, il sembla qu'une goutte de pluie venait d'y tomber... c'était une de ses larmes!... Il détacha sa croix d'honneur, la mit à ma boutonnière... Je n'y voyais plus, tout cela me paraissait un rêve, et j'entendis confusément ces mots : Aux ambulances !... Le plus grand soin... Cinquante napoléons... son congé...Adieu, mon brave, nous nous reverrons !

Ce fut le bruit des chevaux qui me réveilla. Un convoi de prisonniers blessés passait dans ce moment non loin de cet endroit, il leva son chapeau, et regardant les officiers de sa suite :—Messieurs, dit-il, honneur au courage malheureux !... Il était déjà bien loin quand on exécuta ses ordres. Et qui ose dire maintenant qu'il m'avait oublié? Non, ce n'est pas lui qui m'aurait chassé comme Matthieu l'a fait ce matin; ce n'est pas lui qui m'aurait destitué de la petite place qu'il m'avait donnée! Que son nom soit encore béni par un vieux soldat! Vive l'emp...

—Arrêtez, Guillot! s'écria Édouard en mettant sa main sur la bouche du vétéran auprès duquel il s'était avancé pendant sa narration. Ne devenez pas coupable, mon brave ami; ne rendez pas criminel vos regrets si touchants.

— Étiez-vous donc là , Monsieur Édouard? dit Guillot avec l'accent de la surprise.

— Oui, et je savais déjà ce qui vous est arrivé, car d'autres ont été plus confiants que vous , Guillot. Mais ne vous désolez pas , ne vous compromettez pas surtout , nous remuerons ciel et terre pour vous faire obtenir justice. S'il le faut, nous nous adresserons au roi.

— Au roi! Monsieur Édouard , dit Guillot en baissant tristement les yeux.

— Oui, Guillot, au roi, reprit le jeune homme avec véhémence. C'est un prince généreux et bon ; et d'ailleurs, un monarque qui règne par les lois ne peut refuser de réparer l'injustice dont vous êtes la victime. Croyez, Guillot, et vous aussi, Messieurs , que le roi nous aime plus véritablement que celui dont on vient

de vous parler, car il est Français
comme nous. Puisse Dieu le protéger!
Ah! si seulement de perfides conseillers n'entouraient pas son trône!...
Mais les cris de la France seront entendus, et on les chassera.

—Que le diable les emporte! Monsieur Édouard, dit Guillot.

Dans ce moment Cécile rentrait à
la ferme avec son frère, et Bernard,
dont le visage était un peu moins
triomphant, faisait asseoir le curé
auprès de lui, car les servantes ve-
naient de placer le souper sur la table.

~~~~~~

CHAPITRE VII.

La Ferme et le Château.

Lorsque M. Manuel était entré à la ferme avec Édouard, la préoccupation de son ancien ami, Jacques Bernard, ne lui avait point échappé ; il cherchait vainement dans son esprit quel pouvait être le sujet de l'entretien particulier qu'il allait avoir avec lui. C'était là une sorte de cérémonial auquel Bernard n'avait point habitué ses vieilles connaissances, car sa franchise un peu brusque méprisait ordinairement ces précautions. Quand les deux vieillards se furent assis, et que le fermier, qui, ce soir-là, avait juré de pousser la prudence jusqu'au dernier point, se fut assuré que la porte

du cabinet était bien fermée, il ne
prit aucune précaution oratoire, et
il raconta brièvement au curé ce qui s'é-
tait passé entre sa fille et M. Édouard ;
ses yeux, en lui parlant, brillaient de satisfaction et de joie, et il se frottait les
mains comme un ministre qui a mo-
delé en boules blanches les conscien-
ces de nos honorables mandataires.
Mais M. Manuel ne parut point partager le contentement expansif de son
ami ; aucun nuage n'obscurcit, il est
vrai, la sérénité de ses traits ; mais
le sourire bienveillant qui les animait
habituellement ne devint ni plus ex-
pressif ni moins doux ; il reçut, en un
mot, cette confidence comme on ac-
cueille la nouvelle d'un évènement
auquel on s'attend depuis long-temps,
et dont l'accomplissement immanqua-
quable nous afflige cependant encore.

—Bernard, dit-il en secouant la
tête avec tristesse, c'est là une chose

2. 2.

à laquelle vous et moi nous aurions
dû depuis long-temps opposer la prudence de notre âge. Que Dieu soit
béni !

— Mais, Monsieur le curé, répondit Bernard dont la joie se changea
aussitôt en la plus profonde stupéfaction, cela vous fâche donc beaucoup, et c'est donc un malheur que
M. Édouard aime ma jolie Cécile? Je
trouvais cela si naturel, Monsieur le
curé !

— Il est vrai, Jacques, cela est naturel, car nous sommes tous égaux
devant Dieu, et la nature se plaît souvent à combattre les distinctions éta-
blies par la société, distinctions dont
il n'est pas de mon devoir d'approfon-
dir la justice. Écoutez, Jacques, nous
sommes d'anciens, de fidèles amis; nos
cœurs furent éprouvés par la pierre
de touche du malheur, et vous avez
été pour moi dans des jours d'orage

ce que le chêne robuste est pour le faible arbrisseau. Vous avez sauvé ma vie en exposant la vôtre...

— Eh! sarpedieu! Monsieur le curé, cela n'a aucun rapport avec les amourettes de nos enfants...

— Pardonnez-moi, Jacques, pardonnez-moi; mais j'épargnerai à votre délicatesse des souvenirs si chers et si douloureux. Je voulais seulement vous dire, mon ami, qu'entre nous la circonspection qu'il est souvent nécessaire d'employer dans le monde serait une véritable faute contre la probité. Édouard est l'enfant de l'exil et de la persécution; son père, ce noble martyr de l'honneur, a été immolé par ses propres concitoyens sur une terre étrangère; ses biens ont été partagés et vendus, et il ne reste à son malheureux fils que le dévouement et l'appui de deux têtes blanchies par l'âge; car, vous le savez, Bernard, l'éducation de notre Édouard n'est pas mon seul ouvrage, vous y avez libéralement contribué, malgré les charges qui vous étaient imposées comme père...

— Encore, encore, Monsieur Manuel! vous voulez donc que je manque à ma promesse?.. vous me percez le cœur, sarpedieu! Ah! je vais jurer, Monsieur le curé!

— Écoutez-moi, mon ami, au nom de Dieu! ceci est bien important. En agissant comme nous l'avons fait, Jacques, nous avons obéi à un mouvement spontané de notre âme; nous avons voulu être agréables à Dieu, qui est le juge suprême des actions des hommes; mais le monde, Bernard, quelque injuste qu'il soit, a quelquefois raison. Supposons qu'Édouard épouse votre Cécile, et que Dieu la bénisse, l'aimable et belle enfant! on dira que nous avons abusé de notre influence

sur le jeune comte de Crossey, pauvre, il est vrai, dépouillé de tous les
avantages et de l'illustration de ses
pères, mais enfin comte de Crossey,
héritier d'un beau nom, pour lui faire
contracter un mariage qui lui ôte tout
espoir de jamais recouvrer le rang qui
lui appartient, et un mariage qui le lais-
sera sans fortune et sans considé-
ration ; car, Bernard, ce sont ceux au
profit desquels on a détruit ce qu'on
appelle les préjugés qui sont plus
disposés à en invoquer la tyrannie
quand l'occasion se présente. Me
comprenez-vous, mon ami ?

— Oui, Monsieur Manuel ; hélas !
oui, répondit Bernard en accompagnant ces mots d'un profond gémissement ; je n'avais point songé à tout
cela.

— J'espère au moins, Bernard, que
vous n'avez donné aucune espérance
trop vive ou trop prochaine à votre fille ?

— Au contraire , Monsieur le curé, je l'ai pressée contre mon cœur; je l'ai embrassée dans toute la joie d'un père ; je l'ai rassurée, car elle était tremblante et agitée. Voilà ce que j'ai fait; et maintenant que lui dirai-je, à la pauvre fille ? Certainement vous avez raison ; mais la jeunesse, quand elle aime bien, connaît-elle ces distinctions dont vous parlez, Monsieur Manuel ? Il faudra cependant que les pauvres enfants entendent la raison... Reprocher à Jacques Bernard d'abuser de la position de quelqu'un !... non, non. Merci, Monsieur Manuel, merci : quoique cela me fasse bien du mal... il ne faut plus que M. Édouard voie Cécile.

L'excellent homme ne prononça ces dernières paroles que d'une voix tremblante et presque étouffée; il baissa la tête sur sa poitrine, et ses yeux fixés vers la terre déposaient de sa

tristesse. Il venait de rappeler au curé
de tristes souvenirs de son premier
âge qui lui arrachèrent un profond
soupir.

— Pourquoi cela, Bernard, pourquoi cela? reprit-il après une courte
pause pendant laquelle son imagination lui retraça les afflictions de sa
jeunesse; je réponds des mœurs d'É-
douard, et votre Cécile a aussi des
principes non moins sûrs et non moins
honnêtes. Pourquoi désespérer inutilement des jeunes gens qui s'aiment
tendrement, sans doute, qui doivent
s'aimer, puisqu'ils ont passé ensemble
les premières années de leur vie? je
n'ai pas dit, Jacques, que ce mariage
fût impossible...

—Serait-il vrai, Monsieur le curé, serait-il bien vrai? s'écria Bernard à qui
cette observation de M. Manuel venait
de rendre un peu d'espérance.

— Certainement, Bernard, et ce

serait même de la cruauté de notre
part de nous opposer formellement à
une union qui deviendrait nécessaire
pour le bonheur de nos enfants. Mais
qui sait? les jeunes gens jugent mal
eux-mêmes leurs propres affections,
et n'est-il pas possible qu'ils renon-
cent librement à un dessein formé
peut-être sans réflexion de leur part?
Ayons donc de la prudence pour eux,
Jacques; faisons ce que nous com-
mandent l'honneur et la délicatesse,
le reste est entre les mains de Dieu.

—Oui, Monsieur le curé, vous
êtes un homme sage et éclairé, et
vous savez que je ne me permettrai
pas de discuter avec vous sur des points
qui intéressent les devoirs d'un honnête homme.

—Je vous remercie sincèrement,
mon bon et cher ami; et je serais
charmé que, dans cette circonstance,
vous fussiez de mon avis. Écoutez,

Jacques, ou je me trompe grandement, ou Édouard ne tardera pas à me faire la confidence que vous avez reçue de votre fille. Le ciel en soit béni! Ce sont deux cœurs selon les vœux du Seigneur, deux cœurs d'anges, Jacques, et qui méritent tout le bonheur dont il est possible de jouir sur la terre. Depuis quelque temps mon Édouard est triste et rêveur, j'ai souvent vu comme un aveu pénible suspendu sur ses lèvres; mais ces combats mêmes annoncent assez qu'Édouard, qui est une jeune homme ferme et prudent, apprécie bien tout ce qu'a de pénible sa situation vis-à-vis de Cécile et de vous. Attendons, Bernard, qu'il s'explique, et quand nous aurons rempli tout notre devoir, forts de notre conscience et de la pureté de nos intentions, nous pourrons braver plus sûrement les propos envenimés des méchants. Jusque là, soyez réservé avec votre Cécile, et puisque vous vous êtes trop avancé avec elle, ne détruisez pas par une froideur imprudente les douces espérances que votre approbation a pu lui faire concevoir. Donnez-moi votre main, Bernard, vous ne m'en voulez pas, mon vieil ami?

— Dites donc, Monsieur Manuel, s'écria Bernard en serrant avec affection la main du respectable prêtre, dites donc plutôt que je suis trop heureux d'entendre vos bonnes paroles et d'être certain de votre précieuse amitié. Mais, sarpedieu! allons nous mettre à table, et tâchons qu'on ne lise pas sur notre visage tout ce que nous venons de dire. Ça sera dur pour moi, Monsieur Manuel, d'avoir l'air d'un songe creux vis-à-vis de ma jolie Cécile; et puis, je la crains, la petite drôlesse! elle sait si bien m'enjoler! Mais ce qu'il faut, il le faut.... Donnez-moi votre bras, Monsieur le curé.

—Dieu vous a béni, Jacques, en vous donnant des enfants honnêtes et respectueux ; il vous bénira encore, et il remplira de douceur vos derniers jours, car vous êtes un bon père, quoi qu'il y ait encore d'autres devoirs que je serais heureux de vous voir remplir aussi bien que vous remplissez ceux d'honnête homme.

—Ah! toujours l'ancienne affaire! Monsieur le curé ; nous en parlerons plus tard, nous en parlerons sûrement une fois à votre satisfaction.

Au moment où les deux vieillards, d'un côté, et où Cécile et son frère, de l'autre, parurent dans la salle hospitalière, la vive émotion des personnes qui s'y trouvaient ne permit guère de remarquer l'air de tristesse et de rêverie répandu sur toutes les physionomies. C'est ainsi que des causes différentes produisent le même effet.

Le fermier désigna silencieusement à chacun des convives la place qu'il devait occuper à table, sans accompagner son invitation d'une de ces apostrophes bruyantes, indices habituels de sa bonne humeur. Les jeunes gens, l'imagination toute remplie du récit de Guillot, étaient, comme le vétéran, plongés dans cette sorte de distraction qui, nous isolant quelquefois au milieu d'une grande réunion, nous transporte vers des temps et sur des lieux dont quelques circonstances, frivoles pour d'autres, nous ont fortement frappé l'esprit. Édouard, placé auprès de Cécile, jetait de temps en temps sur elle un regard douloureux, et réfléchissait tristement à la grandeur du sacrifice qu'il s'était imposé. A cette place qu'il avait tant de fois occupée avec délice, où les heures du soir lui avaient paru si rapides, il était souffrant et gêné, et l'amertume de ses pensées semblait se réfléchir dans ses nobles traits. Cécile avait aussi sa part de chagrins personnels ; elle pensait bien que son père n'avait pas manqué de parler au curé de tout ce qui s'était passé, et rien de ce qu'elle pouvait remarquer dans les manières de ceux qui l'intéressaient n'était fait pour calmer ses inquiétudes. Bernard, qui s'était promis d'être impénétrable, avait bien un air soucieux et embarrassé, mais il pouvait lui être survenu quelques affaires qui l'occupassent exclusivement, et d'ailleurs la jeune fille se disait à elle-même que ce n'était pas son père qui tarderait le plus à s'expliquer avec elle. Quant au curé, la quiétude habituelle et parfaite de ses traits n'était nullement altérée, et il était impossible d'y lire quelque chose de ce que Cécile y cherchait vainement. Si du moins Édouard avait été ce soir-là

plus communicatif! mais il parlait
peu, et d'un ton si bas, que la jeune
fille commença à être justement alar-
mée de sa réserve et de sa rêveuse
distraction. Il résultait de l'ensemble
de ce tableau, dont on s'est efforcé
de saisir quelques traits, que le souper s'achevait tristement, ce que, de
mémoire d'homme, on n'avait vu que
bien rarement à la ferme, si ce n'est
lors de la mort de la ménagère et du
départ de Jacques pour l'armée.

Cependant la nature reprit peu à
peu le dessus sur ceux des convives
dont l'esprit était le moins suscepti-
ble de conserver long-temps des impressions fâcheuses ou chagrines.
L'appétit des robustes fils du fermier,
secondé par deux rangées de dents
blanches, finit par l'emporter sur
l'enthousiasme pour le héros de Guillot; et quand les bouteilles eurent cir-
culé plusieurs fois entre leurs mains,

Guillot lui-même se laissa aller avec ses voisins à la loquacité naturelle aux jeunes gens qui ont beaucoup de questions à faire, et aux vieux soldats qui ne se lassent guère d'y répondre.

Mais si la table de Jacques Bernard présenta enfin un aspect plus animé, la conversation fut rarement générale. Le fermier s'entretenait avec son fils aîné des affaires de la maison; il parlait des travaux de la journée et de ceux qui devaient commencer avec la prochaine aurore. Le curé paraissait en pourparler sérieux avec Michel, le confident de Cécile, et à l'air respectueux que le jeune homme prenait en l'écoutant, air au travers duquel perçait cependant une bonne dose de malice et d'espièglerie, on pouvait deviner qu'il recevait une allocution paternelle sur quelques méfaits dont le pasteur avait été instruit par la renommée. Dans ce moment, deux au-

tres convives avaient aussi un entretien, mais de manière à n'être entendus
que d'eux-mêmes, et il est probable
que le lecteur ne sera pas fâché de
partager le privilége que nous avons
d'en connaître le sujet.

— Non, Édouard, dit Cécile d'une
voix tremblante, je ne puis croire que
vous me disiez la vérité ; non, vous
ne quitterez pas le pays comme vous
m'assurez que c'est votre intention.

— Ah ! puissé-je en avoir le courage ! Ne vous ai-je pas dit, Cécile,
combien j'avais de raisons pour m'é-
loigner d'un pays où je ne puis plus
vivre que pour être humilié ? Mais j'é-
tais bien résolu, Cécile, à ne plus
avoir à ce sujet avec vous aucune espèce de conversation : ma faiblesse
m'épouvante. Je venais dans l'intention de ne vous dire qu'un seul mot,
et je n'ose le prononcer ! Et cependant, Cécile, c'est en vain que je re-

cule devant mon devoir, il faudra que vous l'entendiez, ce mot affligeant.

—Édouard, vous me désespérez! vous êtes bien cruel envers moi...

— Au nom du ciel! Cécile, ne laissez pas voir vos larmes; on nous observe, et une explication publique serait pour moi, dans ce moment, la chose la plus pénible que je puisse supporter. Écoutez, Cécile, en me séparant de vous volontairement, je fais à l'honneur et à mes devoirs le sacrifice le plus douloureux qu'on puisse exiger d'un homme. Après avoir profondément réfléchi à notre situation réciproque, j'ai pris le parti d'aller à Paris, où, au sein des deux chambres, et parmi les personnes qui possèdent les plus hauts emplois du gouvernement, je compte plusieurs parents éloignés. Ils m'ont abandonné, ils m'ont oublié dans ma profonde infortune ; mais je ne leur reprocherai point leur infâme conduite, je m'humilierai devant eux; je m'humilierai pour l'amour de vous, Cécile, car je ne puis être à vous si ma fortune n'est pas au-dessus de la vôtre. Un jour, Cécile, les raisons qui me font agir ainsi vous seront mieux expliquées, et vous me rendrez justice.

—Que Dieu vous bénisse ! Édouard, si vous n'avez pas des projets plus tristes encore : que Dieu vous bénisse! car vous venez de me dire quelques paroles de consolation. Quelque vague, quelque éloigné que soit le terme de votre absence, dès l'instant que je puis le prévoir, je suis moins malheureuse. Je dois vous dire, Édouard, que si vous allez à Paris, il y a ici une grande dame qui m'a parlé de vous, et qui peut, dit-elle, vous être utile et vous procurer dans cette ville si.. éloignée des protecteurs et des amis puissants.

—Quelle est donc cette dame, Cécile, qui prend à moi un si vif intérêt? dit Édouard dont un sourire amer contracta les lèvres.

—C'est une personne respectable, répondit Cécile, une personne que j'ai eu l'occasion de voir chez maman Geneviève. Elle croit, Édouard, qu'elle vous doit des excuses au sujet d'une rencontre dans laquelle vous avez eu à vous plaindre d'une demoiselle... Qu'avez-vous, Édouard?

—Paix, Cécile, paix! répondit le jeune homme dont l'indignation couvrit le visage d'un rouge foncé; ne me dites pas le nom de cette dame.

—A votre santé, Monsieur Édouard, dit le fermier. N'est-on pas d'accord de ce côté de la table où vous êtes?

— Pardonnez-moi, Monsieur Bernard, répliqua le jeune homme, et vous en voyez la preuve.

Il toucha alors avec son verre celui de Cécile ; ce cliquetis, signe de paix et d'amitié, se répéta plusieurs fois parmi tous les convives ; et, comme on trinque rarement avec ses voisins de table sans leur adresser quelques mots, la conversation devint bientôt générale. Ce fut dans un des intervalles de ce morceau d'ensemble qu'Édouard, qui n'avait point oublié la promesse qu'il avait faite à Geneviève, eut l'occasion de s'informer auprès de Bernard si réellement le pré des Sarrasins était un bien communal ou une propriété particulière du possesseur du château. Il apprit que cette portion de terrain n'avait point été comprise dans la vente générale des biens de la famille de Crossey, soit par oubli, soit par quelque autre circonstance qu'on ne connaissait pas. Depuis la révolution, la commune en avait joui, mais le nouveau propriétaire, à l'aide d'anciens actes où se trouvaient fixées les limites de la terre de Crossey, avait prétendu que la possession exclusive du pré lui appartenait. Satisfait de ces renseignements, lorsque le souper fut terminé, Édouard fit un signe à Guillot et à plusieurs des fils Bernard, qui s'approchèrent aussitôt de lui; l'éclat de ses regards annonçait l'exaltation de son esprit.

—Mes amis, leur dit-il à voix basse, si vous êtes des hommes, demain nous prendrons possession, au nom de la commune, d'un bien qui lui appartient, plus certainement du moins qu'à tout autre individu. Nous nous réunirons au point du jour comme pour une partie de chasse; nous n'aurons point à employer la force, mais il faut en imposer. Il sera nécessaire de prévenir les meilleurs garçons du pays; la mère Besson conduira ses vaches au pré des Sarrasins, et nous ne vaudrons guère mieux que des vieilles femmes, si nous les laissons saisir.

— Oui, Monsieur Édouard, dirent tumultueusement les jeunes gens; nous irons. Est-ce que Matthieu, parcequ'il est maire, veut jouer le rôle de seigneur?

— Chut! reprit Édouard, nous n'avons pas besoin d'en dire davantage. Pas un mot surtout, ni à votre père, ni au curé; ce n'est pas le cas d'avoir recours à leurs conseils.

Après cette courte mais énergique allocution, les nouveaux conjurés se séparèrent avec l'air d'indifférence mystérieuse qu'on ne manque pas de prendre quand on porte le poids difficile à garder d'un secret important.

Aussi, une heure après, le bruit de l'échauffourée méditée à la ferme était-il répandu dans tout le pays.

L'heure de se séparer était arrivée, la santé de M. Manuel ne lui permettait pas de veiller fort tard, et il avait déjà repris sa canne et son chapeau. Édouard s'approcha de Cécile et lui dit adieu à voix basse.

—Adieu! reprit Cécile avec effroi, est-ce donc ce mot affligeant dont vous me menaciez tout à l'heure?

—Oui, Cécile, mais nous nous reverrons encore une fois.

—Encore une fois, Édouard! dit Cécile douloureusement.

Édouard saisit la main de la jeune fille; il y appliqua ses lèvres, et regarda un moment son visage charmant, mais attristé, avec toute l'ivresse de l'amour; puis, s'éloignant brusquement, il alla offrir son bras à M. Manuel. Cécile se sentit prête à défaillir, mais son père était auprès d'elle ; il avait entendu les derniers mots prononcés par Édouard ; il ouvrit ses bras, la jeune fille s'y précipita, et versa d'abondantes larmes sur son sein. La situation était forte pour le bon fermier, et il eut bien de la peine à conserver l'héroïque détermination qu'il avait prise de garder la neutralité.

—Ma foi, Monsieur le curé, a-t-il dit depuis à M. Manuel, j'étais sur le point de courir après vous, de vous ramener avec M. Édouard, de faire connaître nos projets, et de dire : Allons, Monsieur le curé, marions ces enfants, et que ça finisse. J'avais le cœur brisé en caressant ma Cécile, en cherchant à la consoler ; mais enfin, j'ai tenu bon.

Suivant son usage, Édouard accompagna M. Manuel jusqu'à la porte

de sa chambre à coucher, mais ce
soir-là il le quitta plus vite qu'à l'ordinaire en murmurant quelques mots
d'excuses. M. Manuel en fut surpris,
et s'abandonna, après le départ de
son fils adoptif, à une foule de réflexions pénibles que lui suggérait une
circonstance aussi légère en apparence, mais qui avait à ses yeux une
gravité décisive. Il avait déjà parcouru
le champ vaste et incertain des conjectures, lorsque, au moment de se
mettre au lit, il aperçut sur sa table
de nuit une lettre qui lui était adressée. Il reconnut aussitôt l'écriture
d'Édouard, et il brisa le cachet avec
une émotion dont il ne fut pas le
maître. Cet écrit, que nous allons mettre sous les yeux du lecteur, et qui
donna au bon curé le mot de l'énigme,
renfermait des détails qui acheveront
de faire bien connaître les circonstances qui avaient accompagné la nais-

3.

sance et l'éducation d'Édouard. Il
était ainsi conçu :

« Mon respectable bienfait—— et
»ami,

» C'est pour la première fois que je
»ne viens pas vous confier de vive voix
»les pensées qui remplissent mon
»cœur ; ce que j'ai à vous dire est tel-
»lement étranger au sujet ordinaire
»de nos entretiens, que j'ai cru devoir
»employer pour vous en faire part un
»moyen que votre bienveillante ami-
»tié ne m'avait point habitué à suivre.
»Dans ce moment même où votre
»présence ne peut arrêter l'aveu fatal
»que je vais vous faire, j'ai besoin de
»tout mon courage pour le jeter sur
»ce papier, confident insensible et
»muet de mes pensées et de mes va-
»gues espérances ; mais enfin, je vous
»en conjure par les douces vertus que
»vous pratiquez, ne me jugez pas sur
»les premiers mots qui vont suivre;

» et quand vous connaîtrez ma réso-
» lution, ne la condamnez pas sans
» en peser tous les motifs. Adieu, mon
» respectable ami. Je vais vous fuir ;
» je vais m'éloigner, peut-être pour
» toujours de ce pays, de la terre na-
» tale de mes ancêtres... »

M. Manuel s'arrêta tout-à-coup ; il
chercha un siége autour de lui d'une
main tremblante, et il s'y plaça comme
s'il fût tombé frappé d'un coup
mortel. Cette nouvelle imprévue qui
présageait un évènement auquel sa
vive amitié pour Édouard ne lui avait
pas permis de jamais se préparer,
glaça son sang dans ses veines ; une
sueur froide coula de son front, et les
larmes qui inondèrent ses yeux leur
voilèrent un moment les caractères
tracés par une main chérie.

— O mon Dieu ! s'écria-t-il, est-ce
bien Édouard qui m'écrit et qui veut
me quitter ? le souffrirez-vous, et des-

tiniez-vous à mes derniers jours cette
cruelle affliction ?... Édouard! Édouard!
Oh ! ce coup est accablant et cruel ;
je sens que je n'y survivrai pas.
Édouard! ne te reverrai-je plus !

Dans ce moment le vieillard désolé,
en levant vers le ciel ses yeux mouillés de
pleurs, vit l'image du Christ suspendue
au chevet de son lit; cet emblème ré-
véré des espérances de l'homme le rappela à ce courage dans les afflictions
que les vertus chrétiennes peuvent
seules procurer. Il pensa qu'Édouard,
en le conjurant de ne point juger ses
projets sans en connaître tous les motifs, avait bien prévu la douleur que
lui causerait leur premier énoncé. Il
le remercia dans son cœur d'avoir su
apprécier ainsi sa tendresse; et séduit
par l'espoir de trouver dans la suite de
la lettre la justification d'un pareil dessein il reprit sa lecture avec plus de

tranquillité , après avoir murmuré
une courteprière.

« Pardon ! pardon ! mon respecta-
» ble ami. Oui , pour prix de tous vos
» bienfaits, pour reconnaître l'angé-
» lique protection dont vous entou-
» râtes mon enfance , je veux vous,
» abandonner et condamner vos che-
» veux blancs à une désolante solitude.
» Hélas ! les passions ont troublé ce
» cœur que vous avez formé. J'aime
» une jeune fille, dont je ne serais pas
» même l'égal si l'innocence et la vertu
» occupaient la première place dans no-
» tre société corrompue ; mais le rang
» qu'elle y tient ne me permet pas de
» lui conférer le nom que je porte, de-
» vant les lois et le Dieu que vous ser-
» vez, sans que ma fortune ne me laisse
» le droit de prouver que mon amour
» pour elle n'est combattu que par le
» seul préjugé de l'honneur. Peut-être
» aurais-je supporté plus long-temps

» sans me plaindre et sans la révéler à
» celle qui en est l'objet l'ardeur qui
» me dévore, si la triste réalité de ma
» misère et de ma dégradation ne
» m'avait été découverte par une cir-
» constance dont je dois vous épargner
» le récit. Il vous suffira de savoir que
» ce caractère impétueux, enchaîné
» long-temps par votre bonté tutélaire
» et touchante, ne pourrait plus se con-
» tenir; que cette imagination dont, en
» reprenant avec douceur les écarts,
» vous redoutiez l'effervescence, est
» parvenue au dernier degré de l'exas-
» pération et du délire. Oui, mon di-
» gne ami, dans l'égarement de ma
» colère, j'ai maudit le jour funeste de
» ma naissance, j'ai accusé les lois de
» mon pays de la spolation dont je suis
» la victime ; mais revenant à ces no-
» bles sentiments dont si jeune encore
» vous jetâtes le germe dans mon âme,
» je ne me suis révolté que contre la

»destinée, et j'ai juré de la combattre
»en homme digne de vaincre.

» Si la fatalité qui pesa sur mon
»berceau teint du généreux sang de
» mon père, de mon père dont je n'ai
»point ainsi reçu les doux embrasse-
»ments, puissé-je mourir inconnu
» dans des lieux où du moins rien ne me
»rappellera ma naissance ! Séparé de
» tout ce que j'aime, loin de ces vertes
»collines, de ces bois où j'ai passé
»ma jeunesse, en me nourrissant de
» doux souvenirs, je rendrai à Dieu
»une vie qui me serait à charge si
»je ne devais plus revoir les objets
»chers et sacrés de mon unique et
»vive tendresse. Mais ce Dieu tout-
»puissant que vous m'apprîtes à aimer,
»et auquel je me confie, ne saurait
»m'abandonner. Il lit dans le fond
» des cœurs et il sait quels sont les sen-
»timents qui m'animent : et d'ailleurs
»au milieu de ce monde dont je vais

» tenter les hasards, tout ne parle-t-il
» pas d'espérance et de succès à un
» homme de mon âge? Si de premiers
» revers marquent mes premiers pas
» dans la carrière que j'entreprendrai,
» je me rappellerai tout ce que je vous
» dois, et cette idée me rendra mon
» énergie et mon courage. Oui, mon
» respectable ami, en repassant dans
» mon esprit les souffrances que j'au-
» rai supportées, le souvenir des dan-
» gers que vous bravâtes pour moi en
» adoucira l'amertume.

» Je croirai vous voir à cette époque
» de trouble et de désolation où le sang
» français coulait sous la main des
» Français, où la robe d'un prêtre
» cachait un martyr, seul, et déguisé
» sous d'indignes vêtements, et traver-
» sant des pays étrangers pour venir
» au secours de ma mère mourante,
» et qui ne me présentait plus qu'un
» sein desséché par la douleur. On

» m'a dit que la nouvelle de la fin tra-
» gique de mon père accéléra ma triste
» naissance. La vue d'un être chétif
» et souffrant, dans lequel elle cherchait
» à saisir quelques traits de son époux
» immolé par une loi cruelle, rendit
» un peu de vie à ma mère désolée. La
» nature lui donna des forces jusqu'au
» moment où son fils put se passer de
» ses premiers soins ; alors elle vous
» écrivit, vous volâtes auprès d'elle, et
» vous reçûtes son dernier soupir.....
» Vous m'adoptâtes sur son cercueil;
» pauvre et persécuté, vous n'hésitâtes
» point à me saisir entre vos bras et à
» me rapporter orphelin dans ces lieux
» où mes pères avaient commandé. Un
» homme généreux vous avait donné
» un asile dans ces temps de malheur;
» non seulement je le partageai, mais
» encore il voulut contribuer aux frais
» de mon éducation. Que le ciel vous
» bénisse avec lui ! hommes vertueux

» et bons, il peut seul vous récompen-
» ser du bien que vous avez fait.

» Sur le point de terminer cette let-
» tre, je sens mon cœur se serrer: ma
» résolution m'abandonne, ah! j'atten-
» drai du moins vos ordres avant de
» l'accomplir! C'est demain, mon res-
» pectable ami, demain même, aux
» approches du soir, que j'irai recevoir
» vos derniers adieux et votre bénédic-
» tion. Je ne pourrais m'éloigner à la
» face du soleil de ces lieux où je vais
» laisser mon repos, mon bonheur,
» mon âme tout entière. Quand les
» ombres de la nuit envelopperont
» votre demeure et celle de votre digne
» voisin, je m'arrêterai sur la dernière
» colline du pays. A la faible lueur
» des étoiles, et au travers des vapeurs
» condensées du soir, je chercherai à
» reconnaître les toits sous lesquels des
» cœurs généreux battront encore pour
» moi, où l'on pleurera mon départ! Per-

» sonne ne sera témoin des angoisses
» qui me déchireront, je serai seul
» lorsque je saluerai pour toujours ce
» vallon bien-aimé. Quand le jour
» déclinera, je ne trouverai plus rien
» de ce que j'ai tant aimé; je serai loin
» de vous et de Cécile.

» De Cécile!... A ce nom je reprends
» la plume, qui tombait de ma main
» défaillante; je me rappelle que j'ai
» une grâce à solliciter de votre bonté,
» de votre inépuisable charité. Quand
» je serai loin de Crossey, puis-je es-
» pérer que vous irez visiter quelque-
» fois cette jeune fille malheureuse
» par moi? Oui, j'en suis certain, vous
» irez lui parler de son ami absent,
» de votre élève chéri. Oh! consolez-la
» de ma perte, trompez-la, s'il le faut,
» pour lui épargner quelques pleurs;
» dites-lui que je reviendrai près d'elle...
» O mon respectable père, je l'aime,
» je l'adore, dites-le-lui. Si elle m'ac-

» cuse d'un oubli cruel , dites-lui que
» je ne l'oublierai jamais... insensé
» que je suis !

» Enfin je vous suis connu, et le seul
» secret que j'aie eu pour vous vous
» est aussi révélé. Pardonnez-moi les
» chagrins que j'ai pu vous coûter ,
» pardonnez-moi une résolution que
» maintenant, je l'espère , vous êtes
» moins disposé à condamner, et ne
» refusez pas votre bénédiction à votre
» malheureux et reconnaissant ami.

» Édouard de Crossey. »

Malgré la vive douleur qu'il éprouvait, M. Manuel recommença deux
fois la lecture, souvent interrompue
par ses larmes, de cette lettre où l'âme
de son noble élève s'était pour ainsi
dire épanchée tout entière. Il y avait
au fond du projet d'Édouard une idée
si généreuse, il était le résultat d'un
mouvement si remarquable de gran-

deur d'âme et de délicatesse, que le
bon curé hésita un moment entre son
affection pour lui et la nécessité d'approuver ses desseins. Ce moment
passé, il prit une plume et écrivit les
lignes suivantes :

» Je vous remercie, Édouard, de
» n'avoir point voulu ajouter à tout ce
» que votre résolution désespérée a de
» triste pour ma vieillesse, la cruauté
» de me la faire entendre exprimée par
» votre bouche. C'est tout ce que je puis
» vous répondre dans ce moment où,
» sans la force qui vient de Dieu, je ne
» pourrais supporter l'idée dont vous
» me faites part. Au nom du ciel! ac-
» cordez-moi un délai de trois jours,
» autant pour réfléchir mûrement à la
» confidence que vous m'avez faite,
» que pour m'occuper d'un autre objet
» dont vous ne parlez pas, et sans lequel
» j'aimerais mieux mourir que de vous
» voir quitter notre demeure. Jusque

»là, mon cher Édouard, laissez-moi
»la consolation de croire que Dieu
»vous inspirera la pensée de résister
»à vos passions sans vous éloigner de
»moi; jusque là qu'il ne soit point
» question entre nous de cette triste af-
»faire. Que Dieu vous bénisse! »

M. Manuel sonna, et sa vieille servante alla porter par son ordre ce billet à
Édouard, qui n'était point encore entré
dans sa chambre. Fidèle à sa parole, il
avait été voir Geneviève Besson, ainsi
que plusieurs jeunes gens du village, à
qui il recommanda de se trouver au
lever du soleil sur le pré des Sarrasins.
Nous connaîtrons bientôt le résultat
de cette imprudente démonstration,
qui, si les héros de roman devaient être
parfaits, pourrait faire tort au nôtre.

Il était environ dix heures du soir:
quatre personnes seulement se trouvaient dans le salon du château, et se
disposaient à se séparer jusqu'au lende-

main; c'étaient le général, son épouse, sa fille et l'ecclésiastique attaché à sa maison. M. le comte Matthieu Des-Marais, ou plutôt Des-Marais, seulement, car il aimait peu que son nom patronimique précédât celui qu'il avait ajouté à son titre, lisait le Moniteur, qui contenait alors les premières discussions des chambres relatives à l'indemnité. Madame la comtesse, qui avait conservé d'heureuses habitudes de travail et d'économie, s'occupait à attacher des dentelles à des bonnets pour son usage. Athénaïs, qui avait sur la harpe un talent distingué, étudiait des fantaisies nouvelles sur son instrument favori, et M. l'abbé de Saint-Ange, car c'était le nom du jeune chapelain, se promenait dans le salon les mains croisées derrière le dos pour se donner l'attitude d'un penseur. Souvent il s'arrêtait auprès de la harpe et faisait un compliment à la belle musicienne,

puis il revenait auprès du général, avec
lequel il échangeait quelques propos
insignifiants relatifs à la politique.

La lecture du Moniteur ne paraissait pas ce jour-là plaire beaucoup au
général, et il faut avouer qu'elle produit cet effet sur bien d'autres personnes ; il était d'une mauvaise humeur
très marquée, il fronçait le sourcil,
haussait les épaules, et combattait les
raisonnements des orateurs dont il
lisait l'opinion par des ah ! bah ! cela
n'a pas le sens commun ! par exemple !
c'est un peu fort ! Ces exclamations
réitérées étaient accueillies par l'abbé
avec une sorte de joie malicieuse, et il
regardait en dessous le personnage
important à qui elles étaient arrachées
par d'anciens sentiments auxquels,
malgré lui, il était souvent rappelé.
Le général n'était point un méchant
homme; il s'était élevé, comme on l'a
vu, des derniers rangs du peuple à un

rang honorable, par sa bravoure personnelle. Certainement ses lettres de
noblesse, comme celles de tant d'autres qui furent scellées d'un sang généreux, avaient été bien acquises; et
personne n'aurait songé à en contes-
ter l'illustration, si le général n'eût
abjuré les principes à la faveur desquels il s'était élevé, pour adopter des
travers pardonnables à peine dans
ceux qui avaient protesté durant vingt
ans, sur une terre étrangère, contre la
gloire et la civilisation nouvelle de
leur patrie. Il faut bien qu'il y ait dans
le commandement, ou, si l'on aime
mieux, dans le pouvoir quelque chose
d'enivrant, puisque les esprits les
plus fermes et les plus éclairés ne sont
point à l'abri de ses décevantes in-
fluences, puisqu'on sacrifie à cette
passion funeste, à l'idée de cette supériorité factice sur les autres hommes, la
supériorité réelle des vertus sociales,

les engagements les plus saints et
les antécédents les plus louables.
Le général, qui, comme on le sait,
n'avait pas reçu une éducation bien
solide, n'était pas devenu impunément
un homme puissant. Celui qui dans
son enfance avait pleuré sur la dis-
grâce de Guillot banni du moulin de
son père, avait dû éprouver un changement total dans ses sentiments et ses
idées quand il destitua le vétéran compagnon de ses premiers jeux. A l'époque où le gouvernement impérial fut
remplacé par l'ordre constitutionnel,
tous ces hommes qui avaient prouvé
que dans les dernières classes du peuple, en France, il y a un étrange foyer
de courage, de talents et d'héroïsme,
se divisèrent en deux parts. La première resta fidèle à la mission de la
Providence; elle conserva l'amour des
principes de la révolution et celui d'un
homme qui la représentait à ses yeux.

La seconde se montra indigne de son origine, et préféra la continuation de ces honneurs féodaux que Bonaparte avait rêvés pour eux dans le délire de sa puissance, à la gloire plus belle de ne pas se séparer de la nation dont les intérêts les plus chers étaient livrés aux chances d'une conquête. Ce fut le parti que le général adopta, non pas peut-être par un calcul de politique égoïste, mais par un entraînement involontaire, dans lequel il entrait une crainte vague de perdre les avantages dont il jouissait. Les ducs et les comtes improvisés par Bonaparte n'étaient pas très sûrs, à la restauration, d'être des nobles de bon aloi, et M. Matthieu était bien aise de se considérer comme la souche d'une famille aristocratique.

En 1815, le général était malade des suites de ses blessures : c'était un parti fort prudent, car, à la seconde restauration, il put du moins, comme

tant d'autres, revenir de Gand quoi-
qu'il n'y fût point allé. Il fut bercé
pendant plusieurs années de l'espoir
d'être employé dans le haut grade militaire qu'il possédait , et il fit avec
humilité tout ce qu'il fallait pour arriver à ce but unique de ses désirs.
Il s'abonna au Moniteur et à la Ga-
zette, plaça Athénaïs dans le pen-
sionnat de madame Reboul , alla à la
procession, et prit un chapelain. Malgré cette conduite religieuse et monarchique dans le sens de l'insolente
faction qui a trop long-temps gou-
verné la France, M. le comte Matthieu
Des-Marais ne put obtenir un poste
plus brillant que celui de maire de
la commune de Crossey, où il avait
une terre considérable, car les char-
latans plus adroits et plus hypocrites
que lui ne manquaient pas alors.

Le caractère du général n'était pas
cependant aussi odieux que ces dé-

tails pourraient le faire craindre : une faiblesse extraordinaire pour sa fille Athénaïs en formait la base essentielle; les opinions et les caprices de cette jeune fille étaient pour lui des lois qu'il n'enfreignait jamais, parcequ'il avait une haute opinion de son esprit et des connaissances variées qu'elle avait acquises.

—On en dira ce qu'on voudra, mon cher abbé, s'écria-t-il en pliant avec humeur le journal officiel qu'il venait de parcourir, ces imbéciles du côté gauche ne manquent pas de bonnes raisons contre cette loi d'indemnité que franchement je n'approuve pas. Je ne suis pas content qu'on ait rappelé beaucoup de choses qui devraient être oubliées. Ce qui est fait est fait, mon cher abbé.

La comtesse jeta sur son mari un regard mélancolique.

— Certainement, Monsieur le

comte, répondit l'abbé en souriant,
on ne peut pas dire que vous vous
trompiez, et votre excellent jugement
vous sert à merveille dans cette circonstance ; il est très fâcheux sans
doute qu'on trouble le repos des révolutionnaires; mais la restauration, Monsieur le comte, le roi légitime, ne
pouvaient pas sanctionner par leur
silence le brigandage le plus odieux.
D'ailleurs, Monsieur le comte, tout
le monde nous demandait; j'entends
par le monde ceux qui sont restés
fidèles à la cause royale ; il fallait
bien trouver quelque moyen pour les
satisfaire. J'en appelle à Mademoiselle Athénaïs.

—Il est vrai, Monsieur l'abbé, répondit Athénaïs, que la question
ainsi posée n'est pas douteuse, mais
mon père avait raison.

—Prenez garde, Mademoiselle, s'é-
cria l'abbé sur le ton du persiflage,

vous deveniez tranchante comme un membre de l'opposition.

— Et vous, Monsieur, beaucoup trop hardi, reprit Athénaïs en lançant sur l'abbé un regard dédaigneux et significatif.

— Bien, bien ! dit le général ; ceci ressemble à une discussion de la chambre ; n'allons pas plus loin cependant.

— Mademoiselle vient de prononcer la clôture, répondit l'abbé sèchement. Cependant, en lui demandant humblement pardon d'avoir pris la liberté de vous dire mon avis, Monsieur le comte, j'ajouterai que la loi contre laquelle vous vous récriez est présentée dans l'intérêt de l'autel et du trône, et que cela doit fermer la bouche à tous les vrais amis du gouvernement.

— Mais, Monsieur l'abbé, s'écria le général, on sait si je suis dévoué à l'autel et au trône, et cependant

je possède beaucoup de biens qui
proviennent de la vente... que....

— Des biens nationaux , Monsieur le comte , des biens révolutionnaires, c'est un malheur sans doute ;
mais c'est bien différent ; vous, vous
êtes un homme bien pensant.

— Je ne paierai pas moins ma
part de l'indemnité, c'est un peu dur ;
j'ai eu ces biens de seconde main. Cela
vous est égal, à vous, Monsieur l'abbé.

— Il est vrai, Monsieur le comte,
que dans la situation déshonorante où
l'on a réduit le clergé , il ne lui est
plus possible de faire des sacrifices.

— Monsieur l'abbé, dit Athénaïs,
voulez-vous avoir la bonté de me
donner ce cahier de musique ? N'en-
tamez pas de semblables discussions
avec mon père, ajouta-t-elle à voix
basse quand celui-ci se fut empressé
de lui obéir ; vous savez que cela me
déplaît ; il n'est pas en état de vous

répondre, et je ne veux pas qu'on humilie mon père.

Dans ce moment, on sonna la cloche de la principale porte du château d'une manière effrayante ; et comme les laquais de bonne maison ne sont pas dans l'usage de se presser beaucoup, la personne qui s'annonçait ainsi recommença à tirer le cordon avec plus de force encore.

—Qui peut venir à pareille heure? dit le général. On paraît pressé, il faut voir qui est là ?

— On a ouvert, mon ami, répondit la comtesse, je viens d'entendre repousser la porte.

— Monsieur le comte, dit un valet de chambre qui entra dans le salon d'un air tout effaré, M. Ragot vous prie de lui accorder sur-le-champ un moment d'entretien ; il dit que c'est pour une affaire de la plus haute importance, et qui intéresse le roi, toute la France et la paix publique ; c'est quelque chose comme une révolution.

— Faites entrer, faites entrer ! s'écria le général.

— Faudra-t-il nous retirer, mon ami? dit la comtesse.

— Je ne crois pas, c'est inutile, ma bonne amie, répondit le général en regardant tour à tour Athénaïs et monsieur l'abbé, qui formaient avec lui une espèce de trinité municipale.

— Ah !... je vous demande pardon, Monsieur le comte, de vous déranger à l'heure qu'il est, dit M. Ragot qui fut introduit dans ce moment, et dont les traits plus pâles qu'à l'ordinaire respiraient la terreur ; je viens de découvrir un complot épouvantable... Si vous n'êtes pas pair de France de cette affaire...

— Donnez-vous donc la peine de vous asseoir, mon cher Monsieur Ragot, dit le général avec empressement;

je vous en prie, ne faites pas de fa-
çons, nous sommes tous égaux dans
des moments comme ceux-ci.

— Veuillez vous asseoir, Monsieur
Ragot, ajouta l'abbé en approchant
un siége du secrétaire de la commune.
De quoi s'agit-il?

— De quoi il s'agit, Monsieur l'abbé! de quoi il s'agit, Monsieur le
comte! reprit Ragot, dont le sourire
diabolique exprimait la joie la plus
perfide : d'une chose horrible qui va
vous faire frémir, et que vous n'ap-
prendrez que trop tôt. Je suis trop
heureux que mon zèle, que mon
dévouement...

— On y aura égard, Monsieur Ragot, dit Athénaïs d'un ton péremptoire;
mais pour que nous puissions en juger,
il faut nous dire au juste ce qui a pu
exciter en vous ces nobles sentiments.

— Mademoiselle a parfaitement raison, répondit Ragot, c'est par là que

j'aurais dû commencer... Une insurrection éclate demain dans la commune, et probablement dans toutes
les communes voisines; ce sera comme une traînée de poudre.

— Une insurrection ! s'écria le
trio municipal, tandis que la comtesse, abandonnant aussitôt son ouvrage, attendait avec inquiétude que
Ragot s'expliquât plus clairement.

— Oui, continua l'orateur, une
insurrection des mieux conditionnées.
La nommée Geneviève Besson, une
jacobine déterminée, mènera demain
matin paître ses vaches dans le pré
des Sarrasins !

Le sauditeurs se regardèrent avec
une stupéfaction et un désappointe-
ment difficiles à décrire; Ragot s'a-
perçut de ce mouvement, mais il ne
perdit pas son sang-froid.

—Sans doute, cela ne ressemble à
rien, mais ce n'est que le prétexte

ou plutôt le moyen dont se servent les factieux pour cacher leurs projets à l'œil vigilant de l'autorité. Ici Ragot salua respectueusement le général. Un envoyé du comité directeur est arrivé ce soir en poste de Paris; il était déguisé en femme; mais Samson, le perruquier de Monsieur le comte, a vu ses favoris et la pointe d'un poignard qui sortait de son sac à ouvrage. Ces gens-là, comme Monsieur le comte le sait bien, prennent toutes sortes de costumes; il est demeuré enfermé avec la vieille rebelle pendant plus de trois heures.

—Voici des faits, observa l'abbé, et ceci mérite attention.

— Pardonnez moi, Messieurs, dit la comtesse, qui depuis un instant paraissait être sur les épines, pardonnez-moi, si je détruis d'un seul mot toutes vos conjectures. C'est moi qui ai été voir Geneviève Besson; c'est une

femme honnête et respectable, qui ne
mérite pas l'épithète qu'on s'est permis
d'accoler à son nom.

Athénaïs se pinçait les lèvres pour
ne pas éclater de rire; elle avait trop
d'esprit pour se laisser prendre à la gros-
sière et ridicule exagération de Ragot.
Mais ce dernier savait fort bien ce qu'il
disait, et c'était probablement pour
obtenir l'aveu que la comtesse venait
de faire qu'il avait ainsi arrangé sa
burlesque histoire. Le général regarda
sa femme avec colère, tandis que
l'abbé, un peu désappointé, recommen-
çait à mesurer le salon à grand pas.

— Qui aurait dit que madame la
comtesse rendait visite à Geneviève
Besson? reprit Ragot en jouant la surprise et l'embarras; je suis fâché alors...
Cependant, que Madame la comtesse
ait été chez Geneviève, ce n'est pas une
raison pour que l'envoyé du comité
directeur n'y ait pas réellement été vu,

comme un homme respectable me l'a
assuré. Mais laissons ce fait, qui s'é-
claircira ; l'insurrection n'en est pas
moins bien préparée. Les factieux, armés jusqu'aux dents, et qui auront probablement un drapeau tricolore, doivent se réunir sur le pré des Sarrasins ;
remarquez comme cela coïncide avec
les vaches de la mère Besson. De là les
factieux marcheront sur le château,
si on les laisse faire.

—Ceci devient plus clair, dit l'abbé ;
c'est un soulèvement populaire. Mais
quel est le motif des factieux, Monsieur Ragot ?

—Le motif, le voici, autant qu'on
peut en juger. Ils prétendent que le
pré des Sarrasins appartient à la commune et non pas à Monsieur le comte.

—Mais alors, s'écria le général,
dont l'esprit de parti et le désir de prouver son zèle pour le gouvernement n'é-
teignaient pas le bon sens, c'est une af-

faire qui m'est personnelle, et vous nous faites là, Ragot, une histoire qui paraît difficile à croire. Mais on se trompe : le pré faisait partie de la terre de Crossey; j'ai acheté la terre, en conséquence le pré m'appartient aussi bien que le château.

— Eh bien ! Monsieur le comte, reprit Ragot, ils ont le front de dire que le pré n'a pas été vendu.

— C'est ce que nous verrons, morbleu ! Ainsi voilà ce que je trouve de réel dans votre rapport, c'est qu'ils ont dit à la vieille femme d'envoyer paître ses vaches sur ma propriété, pour avoir l'occasion de me faire un procès. Je connais les habitudes du pays, j'y suis né.

Ces dernières paroles du général procurèrent à Athénaïs une toux subite qui déguisa sa mortification.

— Quoi qu'il en soit, Monsieur le comte, dit l'abbé, qui ne se tenait pas pour battu, l'action des mutins n'en est pas moins violente et illégale.

—C'est bien la vérité, ajouta Ragot en regardant au plafond.

—Je saurai remplir mes devoirs et faire respecter mes droits, Monsieur l'abbé, reprit le général avec gravité; soyez bien persuadé qu'on ne m'outrage pas impunément. Savez-vous les noms des meneurs de cette affaire, Ragot?

— Ce complot a été formé à la ferme de Jacques Bernard, Monsieur le comte; j'ai des raisons pour croire que le chef est M. Manuel le curé.

—Ah! dit l'abbé, ce curé révolutionnaire dont j'ai entendu parler?

—Oui, Monsieur l'abbé, ce curé révolutionnaire, qui malheureusement est aimé et respecté de tout le monde, et qui exerce l'influence la plus dangereuse dans tout le pays. Le second chef est bien certainement le

comte de Crossey lui-même, un buo-
napartiste s'il en fut jamais.

— Le comte de Crossey ! dit Athénaïs, et la comtesse fit entendre un
soupir douloureux en passant sa
main sur ses yeux.

— Il y a ensuite les fils Bernard,
qui sont la terreur du canton, comme
vous le savez, Monsieur le comte; et
puis... et puis... toute la commune
enfin ; c'est une levée en masse.

Le conseil se prolongea durant environ une heure ; le nom du comte de
Crossey avait produit aussi son effet
sur le général ; c'était à la fois de la jalousie et de l'orgueil offensé, et il sentit que son honneur personnel se
trouvait engagé dans cette affaire. La
timide comtesse n'osa élever la voix,
et ce fut avec douleur qu'elle entendit prendre les résolutions suivantes:
un des gens du général devait partir

sur-le-champ à franc étrier pour Voiron, porteur d'un ordre à la gendarmerie du canton ; le général, revêtu de son écharpe et assisté de son secrétaire et de la force armée, devait se présenter aux factieux et dresser un procès-verbal de rébellion en bonne forme, qui serait aussitôt adressé au préfet du département.

Ces points principaux une fois arrêtés, on pensa à faire armer les domestiques du château si le cas l'exigeait; et Ragot, à qui l'on fit des compliments sur son zèle, reçut l'ordre de se trouver de bon matin à la mairie.

—En vérité, mon bon ami, dit la comtesse quand le secrétaire eut délivré le salon de sa présence, je ne sais pourquoi tu te fies à ce Ragot. Je crains que tu ne compromettes ton nom et ton rang dans une affaire qui

n'est pas aussi grave qu'on te l'a présentée.

— Cela est possible, répondit le
général avec aigreur; mais, pour ce
qui regarde mon honneur, je n'ai besoin des conseils de personne, pas
même de ceux de Geneviève Besson.

Quelques instants après, les lumiè-
res s'éteignirent, et l'on s'endormit au
château, en rêvant à l'insurrection
si heureusement découverte par
M. Ragot.

CHAPITRE VIII.

Le Pré des Sarrasins.

A l'époque si honteuse pour la France où se passèrent les évènements que nous décrivons, on avait transformé en conspirations contre le roi, en complots subversifs de l'ordre établi, des réunions beaucoup plus innocentes que celle des jeunes gens de Crossey. Les plus hautes dignités de l'État avaient été le prix d'une basse et lâche servilité ; le sang de quelques malheureux poussés à des démarches imprudentes par d'odieuses provocations, avait été répandu sur l'échafaud, pour associer les lois aux assassinats prémédités qu'avaient commis les zélateurs d'une faction impie et frénétique. C'est à regret que nous soulevons d'une main tremblante d'indignation le voile désastreux de l'oubli qu'on a jeté à dessein sur ces horreurs, conduite vraiment inexplicable de la part de nos demi-dieux populaires dont l'élasticité de conscience a reçu le titre dérisoire de modération politique. Mais dans un ouvrage tracé d'après les mœurs contemporaines, on ne saurait entièrement passer sous silence ces tristes souvenirs.

Le général dut être frappé de toutes les chances d'élévation qui pouvaient résulter pour lui de l'échauffourée qu'on méditait. Il y avait sans doute une très grande facilité à présenter cette affaire au ministère sous les couleurs les plus sérieuses. Il ne se montrait pas alors bien difficile à persuader, et l'annonce d'une insurrection réelle ou prétendue, mais qu'il n'aurait pas eu la peine d'organiser lui-même, aurait été accueillie avec empressement. D'ailleurs, le département lui était suspect, à juste titre, il faut l'avouer, et son opposition souvent menaçante aux projets de la faction qui se maintenait au pouvoir était aux yeux de ce ministère détesté un crime que le moindre prétexte aurait suffi pour laver dans des flots de sang. A quelle faveur n'aurait pas pu prétendre celui qui aurait fourni par un zèle déployé si à propos les moyens de servir la haine des hommes *déplorables*, en leur procurant en même temps un moyen de plus pour entretenir, suivant leur perfide politique, la défiance et la crainte dans un cœur auguste! La pairie!.... c'était un mot que le rusé Ragot n'avait pas inutilement jeté dans l'exorde de son discours; le faible du général lui était connu; et ce mot magique se représentait à son esprit

toutes les fois que sa vieille probité
militaire élevait des objections contre
les vagues et tristes idées que lui suggérait l'ambition.

Il faut ajouter que la présence au
château de l'abbé de Saint-Ange entrait pour beaucoup dans les irrésolu-
tions du général ; cet individu l'avait
accompagné jusque dans sa chambre
à coucher, sur un prétexte frivole, et
il avait mis en usage toutes les ressources de sa logique machiavélique
pour le pousser à ce qu'il appelait un
acte de vigueur monarchique, en faisant habilement briller à ses yeux les
résultats avantageux que sa conduite
lui présenterait. Nous saurons plus
tard à quel titre l'abbé se trouvait
impatronisé dans la maison du général ; il suffira de dire pour le moment
que son influence y était sans bornes,
bien qu'elle parût balancée par le caractère irritable et orgueilleux d'A-

thénaïs. Le général redoutait le zèle
fougueux de cet ecclésiastique, dont
il s'était volontairement imposé la
surveillance, c'est-à-dire l'espionnage.
L'abbé était en relations suivies avec
tous les meneurs de son parti ; il
avait figuré plusieurs fois parmi ces
prêtres ambulants qui vont parcou-
rant la France au mépris des lois, se-
mant partout la discorde et vendant
des *agnus*. Il s'était même fait distinguer parmi ces enthousiastes de
parade , et il aurait pu aspirer aux
distinctions les plus enviées de la hiérarchie ecclésiastique. Il avait ainsi
fait un grand sacrifice à son ambition en s'attachant au général Des-
Marais ; mais comme toutes les actions
des hypocrites ont un motif secret, il
est possible que celui qui avait dirigé
M. l'abbé ne fût pas précisément
dans cette circonstance l'abnégation de toute passion humaine. Quoi

qu'il en fût, le général commençait à s'apercevoir de la faute qu'il avait commise en recevant un pareil homme chez lui ; il redoutait sa censure, et était obligé de vivre dans son château comme il aurait vécu à la cour, dans un état perpétuel de dissimulation et de contrainte. Juste punition de ceux qui sacrifient à des vues ambitieuses les devoirs de leur position et jusqu'à leur tranquillité intérieure.

Le général écouta l'abbé avec une attention respectueuse, mais quand il l'eut enfin quitté, il se jeta dans un fauteuil, et, les bras croisés sur sa poitrine, l'œil fixe et la rougeur sur le front, il se mit à lutter sérieusement en lui avec les tentations qu'on venait de jeter dans son cœur. Cependant le général, malgré l'aveuglement dont il était frappé et le prestige trompeur de sa position et de son rang élevé, ne pouvait oublier entièrement qu'il était un homme du peuple. Il se rappelait qu'il était un enfant du pays, où sa fortune ne lui avait point concilié l'attachement et l'estime de ses concitoyens. Allait-il encore, en mettant à exécution l'action qu'on lui conseillait avec tant de perfidie, déshonorer à jamais son nom dans le hameau qui l'avait vu naître, et faire servir à son avancement un malheur dont gémirait toute la contrée ? Cette idée le révolta et le rappela à des sentiments plus honorables; il gémit intérieurement de la faiblesse qui l'avait placé dans la position la plus fausse, et il résolut de se conduire avec toute la prudence que lui commandait la circonstance.

Le jour brillait de tout l'éclat du printemps, quand une douzaine de jeunes gens du pays, le fusil sur l'épaule, se dirigèrent du côté du pré des Sarrasins. Quatre fils de Bernard se

faisaient remarquer parmi eux par
leur taille élevée et leur allure dé-
cidée. Divisés en groupes de deux ou
de trois personnes, on aurait dit qu'effectivement ils n'étaient rassemblés
que pour quelque partie de plaisir;
les éclats de rire, les refrains joyeux
qu'ils faisaient entendre ne leur donnaient nullement l'air sombre et mé-
ditatif de conspirateurs armés pour
une cause importante et d'un intérêt
politique.

A quelques pas en avant de cette
troupe de braves lurons inconsidérés
et insouciants, on voyait un jeune
homme grave et d'un extérieur imposant, dont les traits pâles et mélancoli-
ques annonçaient un caractère plus ferme et une préoccupation plus sérieuse.
C'était Édouard ! De temps en temps
il ouvrait un papier qu'il tenait roulé
dans une de ses mains, et il le par-
courait avec émotion. A ses côtés mar-

chait Guillot, qui ne paraissait ni
moins affligé ni moins rêveur que
le noble jeune homme, sur lequel il
jetait de temps en temps un regard
silencieux, mais où se peignaient la
confiance et l'attachement. Geneviève Besson suivait le corps avancé
sous la protection duquel elle était
placée, et activait du geste et de la
voix le pas lent et mesuré de ses
deux vaches.

Une réunion aussi nombreuse n'a-
vait pu avoir lieu à Crossey sans exciter au plus point la curiosité publique
et surtout celle d'une troupe de garne-
ments en guenilles, et qui sautaient
gaiement, quoique nu-pieds, en
cueillant dans les haies voisines de
longues houssines qu'ils portaient ensuite sur leurs épaules pour figurer
une arme plus pesante et plus dangereuse. De temps en temps on pouvait apercevoir aussi derrière les

buissons des têtes coiffées de larges
chapeaux ronds, et qui disparaissaient
à l'approche du corps d'armée princi-
cipal, comme ces ombres légères
qu'on fait mouvoir dans un châssis,
et dont une disposition de la lumière
permet de suivre les mouvements.
C'étaient des paysans qui appuyaient
de leurs vœux le mouvement hardi
qu'exécutait la haute aristocratie du
village, mais qui, n'ayant ni armes
ni indépendance personnelle, n'o-
saient prendre une part plus active
à l'affaire dont cependant ils étaient
bien aises de connaître le dénouement.

On arriva enfin dans le pré des Sarrasins, et les joyeuses pensionnaires
de Geneviève prirent aussitôt possession de ce lieu de délices pour elles,
sans s'inquiéter en rien de la validité
de leurs titres de propriété. C'était une
vaste et belle prairie séparée des champs

voisins par un ruisseau d'eau limpide qui en faisait à peu près le tour, et dont le cours paisible était partout ombragé par le feuillage des saules et des peupliers qui le bordaient. Geneviève Besson, pour qui les modernes paladins de Saint-Étienne de Crossey se préparaient à rompre une lance, ou plutôt à tirer un coup de fusil, suivant l'exigence du cas, s'assit sur un tertre élevé qui dominait la prairie, dont le sol inégal était parsemé à quelque distance de semblables éminences, accidents de terrain qui ne pouvaient s'expliquer que par des évènements purement humains, car la prairie occupait le bas - fond d'une vallée assez étendue où les mêmes irrégularités ne se rencontraient pas. La plus grande partie de ses loyaux défenseurs s'assit autour d'elle sur le gazon, car, malgré la sévérité antique de ses principes et la tournure bizarre de ses idées, elle était aimée de la jeunesse, pour qui elle s'était toujours montrée secourable et prévenante.

Édouard fit un signe à Guillot, et le vétéran s'approcha de lui; ils se promenèrent ensemble à quelques pas de ce groupe principal, qui, à cette heure de la journée et au sein de cette prairie verdoyante, offrait un coup d'œil aussi animé que pittoresque.

— Guillot, dit Édouard, je suis fâché, je suis sincèrement fâché de ce qui vous arrive, et peut-être auriez-vous mieux fait de ne pas nous accompagner jusqu'ici; car on ne sait pas ce que tout cela peut devenir; nous vivons dans un temps où la toute-puissance de l'autorité n'est pas facile à braver, même quand on a pour soi le bon droit et les lois.

— Que cinq cent mille diables m'emportent! répondit Guillot, si ja-

mais, Monsieur Édouard, je romps
d'une demi-semelle, comme disait le
maître d'armes de la trente-deuxième
demi - brigade, quand vous serez
d'avant-garde et que vous donnerez
le mot d'ordre.

—Cependant il s'agit pour vous,
Guillot, d'une chose bien importante,
du sort de toute votre vie, du repos
de vos vieux jours, mon brave ami.

—Et c'est quand vous me parlez
sur ce ton, mille millions de diables !..
Je jurais autrefois par la tête d'un
Prussien à longue queue, comme ceux
que nous avons si bien frottés à Jéna;
mais M. le curé m'a dit que c'é-
tait mal, Monsieur Édouard, parcequ'un Prussien pouvait être un bon
chrétien, mais qu'après tout c'était un
homme, un de nos semblables; je n'en
crois rien, mais je jure maintenant par
le diable, bien sûr au moins qu'il n'est
ni l'un ni l'autre. Pardon, Monsieur

2.   5.

Édouard, c'est au moment où vous me parlez avec tant de bonté, que vous voulez me faire penser à l'avenir? je m'en soucie comme de l'an quarante. Vous êtes maintenant mon chef de file, Monsieur Édouard, je n'ai pas besoin de penser à autre chose. D'ailleurs, écoutez bien, Monsieur Édouard, j'ai toujours vu les camarades qui conservaient leur pain de munition pour le lendemain ne pas répondre à l'appel du soir après un feu de peloton. Crac! vous m'entendez?

— A peu près, dit Édouard en souriant tristement; mais c'est là, Guillot, une philosophie bonne tout au plus dans les camps, car la prévoyance ne saurait jamais y être inutile. Il n'y a plus maintenant, Guillot, de feu de peloton qui puisse vous dispenser de songer à l'avenir.

— Bah! bah! Monsieur Édouard, le chef a été là-haut, comme tout le monde le dit : c'est d'un bon signe pour ses vieux soldats; ils ne tarderont pas à le suivre et à être délivrés de tous les affronts qu'on leur fait supporter. Pardonnez-moi, Monsieur Édouard, on est Français, après tout, et l'on peut bien avoir son idée là-dessus, quoique ce ne soit peut-être pas la vôtre, Monsieur Édouard.

Il y avait dans le hochement de tête que fit le vétéran en prononçant ces paroles, une expression si grave et si mélancolique qu'Édouard ne put maîtriser l'émotion qu'elle lui causa, bien que cette énergique et naïve expansion d'un dévouement sans bornes appartînt à des sentiments politiques qu'il ne pouvait approuver.

— Tout cela, Guillot, reprit-il avec douceur, il faut absolument l'oublier, et songer sérieusement à votre position.

— Croyez-moi, Monsieur Édouard,

je n'ai besoin de rien. Je ne veux plus reprendre leur bandoulière, quand bien même le roi, comme vous me le disiez hier soir, me la ferait rendre. Je suis venu dans ce village comme un arbre ou comme une plante, car le diable m'emporte si j'ai jamais su à qui j'étais redevable de ce petit service. J'ai maintenant une chaumière, et il reste dans cette bourse de peau quelques écus de six francs résultat de mes économies; avec ça j'ai le temps d'attendre. Je pourrai toujours aller de temps en temps au conciliabule, comme Matthieu, mon ancien camarade, appelle le cabaret de Jean Toussaint. Quand la bourse de peau serait vide, quand le toit de ma chaumière me ferait une couverture un beau soir, je ne serais pas plus embarrassé. Le vieux soldat n'aura pas besoin d'aller de porte en porte dans le village où il est né; je vous réponds que plus d'un

bon garçon lui fera signe, et que plus
d'une ménagère remplira son écuelle à
l'heure du dîner. Bah! bah! ne parlons
plus de tout cela, Monsieur Édouard.

— Guillot, ajouta Édouard avec
vivacité, avez-vous de l'attachement
pour moi?

— Mille noms d'un diable! et j'avais
presque envie de jurer cette fois par
la tête de tous les Prussiens; y pensez-
vous, Monsieur Édouard? Je vous aime,
parole d'honneur! j'ai perdu un bras
pour quelqu'un que j'aimais seul autant que vous; l'autre est à votre service, Monsieur Édouard!

— Merci, mon brave garçon, dit
Édouard en retournant un peu la tête
pour cacher son agitation, je l'espérais ainsi. Il est possible, Guillot, que
je quitte bientôt ce pays.

— Alors, Monsieur Édouard, c'est
comme si vous me disiez, de même que
les tambours du régiment avec leurs

fla et leurs *ra* : Guillot, prends ton sac.

— Oui, Guillot, je vous avoue que c'était mon intention, et je suis vivement touché de votre empressement. J'avais le dessein de vous engager à me suivre ; mes projets sont encore bien vagues et le but de notre voyage incertain, mais je serai, dans tous les cas, enchanté de vous avoir pour compagnon. Le premier motif qui m'ait décidé à vous faire cette ouverture, c'est que je craindrais, pendant mon absence, que vous ne fussiez la victime de votre franchise un peu imprudente ; le second, c'est que vous avez vu le monde, Guillot, et l'expérience, dans beaucoup de cas, vaut au moins l'éducation ; et le troisième, Guillot, c'est que vous êtes un brave et honnête homme dont l'attachement me sera toujours cher.

— En avant, marche ! voilà qui est

parler, s'écria Guillot au comble de
la joie et en faisant un geste de dan-
seur de régiment ; en avant les jambes ! Adieu, mon beau Crossey ! Guillot, l'enfant trouvé, vous dit encore
adieu... peut-être pour la dernière fois !
Tout de même, Monsieur Édouard,
j'avais vu dans notre cimetière une
petite place ombragée où je comptais
bien faire mon grand sommeil, mais,
bah ! il y a partout un peu de terre
pour couvrir les os d'un vieux soldat.

— Paix Guillot, ne parlez pas ainsi,
reprit Édouard avec attendrissement :
Dieu veuille que nous revenions un
jour dans ce pays ! Guillot, ne regar-
dons pas notre absence momen-
tanée comme une séparation éter-
nelle.

— Tournez à droite, tournez à
gauche, Monsieur Édouard, et que le
diable m'emporte ! pardon de l'expression, si je regarde d'un autre côté.

Mais qu'ont-ils donc, tous ces jeunes cadets, à écouter ainsi la mère Geneviève?

— Ah! vous en savez long, mère Besson, dit un des jeunes gens dans ce moment, et pourriez-vous nous dire aussi bien...? Ici, Gaillarde! voilà votre vache noire, mère Besson, qui va dans les blés, et qui n'est pas contente de l'herbe qui croît dans le pré des Sarrasins... Ah! elle se ravise, la gourmande! Je voulais vous demander, mère Besson, pourquoi on appelle cet endroit le pré des Sarrasins.

— C'est une histoire bien ancienne, bien ancienne, mes enfants, repondit la vieille femme; les arrière-grands-pères de vos grands-pères n'étaient pas au monde encore dans ce temps-là, eussent-ils vécu chacun plus de cent ans.

— Contez-nous ça, bonne mère, contez-nous ça, dirent tous les jeunes gens.

—Très volontiers; mais le premier
qui m'inte.rompra sera obligé d'aller
dire ce soir, au milieu du cimetière,
cinq *pater* et cinq *ave*.

Cette menace, qui attira sur les lèvres des auditeurs de Geneviève un
sourire de défi et d'assurance, ne man-
qua cependant point son effet. Serrés
les uns contre les autres, et les yeux
fixés sur la vieille femme, qui était
comme la tradition vivante du village,
les jeunes gens l'écoutèrent en silence.

—Vous saurez donc, mes enfants,
continua Geneviève, que dans ce temps-
là tout le pays appartenait aux Sarrasins; on appelait ainsi les Maures, ou,
pour mieux dire, les Turcs. Ils avaient
égorgé tous les pauvres habitants, et
ceux qu'ils avaient laissé vivre labou-
raient la terre pour eux et étaient leurs
esclaves. C'était une grande affliction
que le bon Dieu avait permise pour punir les chrétiens qui avaient mérité sa

2.   6

colère en négligeant la religion. Or, il y avait dans ce temps-là un évêque de Grenoble qui se cachait dans les montagnes, parceque les Sarrasins avaient brûlé les églises et tué les prêtres qui demeuraient dans la ville, comme ils s'étaient emparés de toutes les jolies filles du pays.

L'imputation de ce dernier méfait des Sarrasins excita au plus haut point l'indignation de l'auditoire; mais Geneviève, ne croyant pas que ce fût le cas d'infliger la punition dont elle avait menacé les interrupteurs, continua en ces termes :

— Le bon évêque Isarn avait de la tête et du cœur, et d'ailleurs il était inspiré de Dieu, que les malheurs de tant de gens qui avaient reçu le baptême avaient enfin touché. Il rassembla un grand nombre de seigneurs et de gens du pays, qui s'armèrent de haches et de piques, et tous ensemble

ils marchèrent contre les cruels Sarrasins...

— A la bonne heure donc, mille
noms d'un diable !

— Qui a parlé ainsi? qui ose jurer
ainsi? s'écria Geneviève courroucée.
Mais les auditeurs se regardèrent avec
étonnement, et aucun d'eux ne voulut
désigner le vrai coupable, que le lecteur
a sans doute reconnu à l'énergie de son
expression. — Or donc, mes enfants,
reprit Geneviève en regardant avec
soin autour d'elle, les infidèles étaient
bien plus nombreux que les chrétiens,
mais ceux-ci avaient confiance en Dieu
et dans leur brave chef, qui, dans ce
pays s'appelait le comte Geoffroy.
Quand les Sarrasins virent arriver les
chrétiens, qui chantaient des psaumes
et portaient avec eux les bannières et
les reliques des saints, ils se retirèrent
sur la montagne. Mais comment les
attaquer?

— Ce n'était pas difficile, s'écria alors Guillot, incapable de garder plus long-temps le silence quand il s'agissait de stratégie militaire. Ne vous fâchez pas, mère Besson, ce n'est qu'un mot en passant. Je me suis battu contre les Turcs, et je connais leur manière de faire la guerre ; quoique ce soient de braves gens, ils se laissent facilement surprendre dans leur camp. Pour les dénicher de là-haut, il fallait envoyer contre eux de l'infanterie légère, et les recevoir dans la plaine avec des batteries de canons chargés à mitraille... Suivez le mouvement.

— Pour cette fois, Guillot, dit Édouard en riant aux éclats, vos souvenirs vous servent mal, et je doute fort que le comte Geoffroy ait pu faire la manœuvre que vous indiquez.

— Taisez-vous, Guillot, reprit la vieille femme, entêté, drôle que vous êtes, vous ne savez ce que vous dites ;

et quand M. Édouard, qui descend en droite ligne du comte Geoffroy, lequel fut surnommé *Côtes-de-fer*, comme vous le sauriez déjà si vous ne m'aviez pas interrompue, veut bien écouter, il me semble que vous pourriez en faire autant; au surplus il n'y avait point dans ce temps-là de canons ni de troupes comme vous les appelez.

— Fameux guerriers ! répondit Guillot en haussant les épaules, ne me parlez pas de ces batailles d'avant la révolution.

— Mes enfants, continua Geneviève, non sans lancer un regard de colère sur l'imprudent interrupteur, heureusement pour les chrétiens, le comte Geoffroy était aussi brave et aussi intrépide que ne le fut jamais un noble seigneur. On disait qu'une fée le protégeait dès son berceau, et que le jour de Saint-Étienne, qui était celui de la naissance du comte, elle lui apparaissait régulièrement chaque année pour lui rendre quelque service important. C'était précisément la fête de ce saint martyr, et les Sarrasins, frappés d'aveuglement par la permission de Dieu et la puissance de la bonne fée, crurent voir à l'entrée de leur camp des hommes d'armes rangés en bataille; ils se précipitèrent sur eux, mais la vision reculait devant ces étrangers et descendait lentement la montagne. Ils la suivirent jusque dans la plaine, où le comte Geoffroy les tailla en pièces. Cependant le combat avait été bien sanglant, et tous les efforts des infidèles avaient été dirigés contre le noble comte, mais tous les coups qu'on lui portait semblaient être parés par une main invisible, et les épées des infidèles se brisaient sur son corps, qui n'était cependant recouvert d'aucune cuirasse. C'est de là que lui vint le surnom de

Côtes-de-fer. Aucun Sarrasin n'échappa
à la mort, et les chrétiens victorieux les
enterrèrent sur le champ de bataille.
On jeta depuis sur leurs tombes un si
grand nombre de pierres, qu'elles ont
formé peu à peu les buttes sur lesquelles nous sommes assis dans ce
moment, et depuis lors le champ où se
donna cette grande bataille, qui déli-
vra le pays des infidèles mécréants, a
conservé le nom de *Pré des Sarrasins*.

Cette légende, dont le fond vrai était
altéré par des exagérations et un mé-
lange d'idées superstitieuses, occupait
encore l'auditoire attentif de Geneviève, lorsqu'une bande de petits vau-
riens du village descendit de la colline
comme les Sarrasins de la tradition ;
mais la vitesse de leurs jambes paraissait
excitée par une vision moins chimé-
rique et moins imaginaire. L'un d'eux,
plus habile à la course , devança ses
compagnons effrayés, et prévint les

jeunes gens que le maire du château, comme il appelait le général, entrait en ce moment dans le pré avec des gendarmes, milice plus redoutée de nos campagnes que les anciens archers du grand-prevôt.

— Eh bien ! dirent-ils tous ensemble en se levant spontanément et en saisissant leurs fusils, nous sommes tous prêts. Monsieur Édouard, que faut il faire ?

— Attendre, dit Édouard avec calme, et me laisser le soin de répondre à la sommation qui va nous être faite. Reprenez donc vos places, mes amis, et tâchez de ne paraître ni étonnés de la présence du maire, ni indignés de ses prétentions.

Le cortége municipal s'avançait gravement au travers de la prairie. M. le maire, revêtu de son écharpe, marchait seul en avant de six gendarmes, commandés par un brigadier, et M. Ragot, tremblant de tous ses membres, la plume fichée dans son oreille, et tenant d'une main une écritoire, de l'autre un rouleau de papier, suivait, d'un pas prudent et mesuré, la formidable escorte du fonctionnaire.

— Au nom du roi et de la loi! Messieurs, dit le général quand il fut à deux pas du groupe d'insurgés à la façon de M. Ragot, je vous somme de vous disperser à l'instant.

— Monsieur, répondit Édouard avec fermeté en levant son chapeau, ces messieurs et moi nous serons prêts à déférer à votre invitation quand vous aurez bien voulu nous faire savoir comment il se fait que vous puissiez disposer à votre gré de notre liberté. Notre réunion dans ce champ qui appartient à la commune, n'a rien d'hostile, et ne motive en aucune manière ni votre présence ici ni l'assistance que vous avez jugé à propos de prendre.

— Fort bien, Monsieur, dit le général en serrant les lèvres avec effort; et si, après l'ordre légal que je vous ai donné, vous persistez dans votre désobéissance envers l'autorité du roi que je représente ici, je pense que vous serez plus soumis si j'ordonne à la force armée de se déployer contre vous.

—Paix, Messieurs, reprit Édouard avec le plus grand calme en s'adressant aux jeunes gens, qui, à cette menace de l'officier municipal, commencèrent à appuyer la main sur la crosse de leurs fusils; paix! ne mettons point les torts de notre côté. J'ignore, Monsieur, continua-t-il avec la même gravité en parlant au général, j'ignore jusqu'à quel point, dans les temps d'oppression où nous vivons, un maire peut prétendre à

l'honneur de représenter le roi, quand
il ne devrait être que l'agent de la
commune; mais si vous effectuez
l'acte de violence dont vous nous me-
nacez, j'en appellerai alors à la loyauté
des militaires qui vous accompagnent; je protesterai contre la nécessité cruelle dans laquelle vous nous
aurez placés, et alors nous opposerons
la force à la force.

— Ceci est extraordinaire, inexplicable, s'écria le général en se promenant à grands pas et ne pouvant
plus dissimuler ni sa colère ni son
émotion; moi aussi je vous prends à
témoins, Messieurs les gendarmes;
écrivez, Monsieur Ragot, écrivez
exactement ce qui se passe.

—Oui, Monsieur le comte, dit Ragot, dont, depuis un moment, la plume
courait sur le papier; il y a rébellion
avec menaces et voies de fait. Pro-

tégez l'autorité, braves gendarmes, protégez l'autorité.

— Prends bien garde, chenille, dit tout bas Guillot au secretaire, auprès duquel il était parvenu à se glisser, prends bien garde à vouloir monter sur ce bel arbre, et il désignait Édouard, ou je t'apprendrai ce que peut peser un bon gourdin de chêne vert dans la main qui me reste.

— Prenez garde vous-même à ce que vous dites, Guillot, s'écria Ragot effrayé, malgré le sourire forcé qu'il essayait de rendre moqueur; on a déjà réglé une partie de vos comptes, et l'on pourrait bien ne pas vous oublier sur celui ci... hé! hé! hé...

— Monsieur, reprit le général, réfléchissez bien à ce que vous allez faire; si vous obtempérez à mes ordres, cette affaire n'ira pas plus loin; je pourrai même pardonner, mais pour

là dernière fois, à cette vieille femme
entêtée, et je ne ferai point saisir ses
vaches ; mais si vous ne vous décidez
à l'instant, vous pourrez vous repentir
le reste de votre vie de ce qui s'en-
suivra.

— Je vous répète, Monsieur, que
nous sommes ici chez nous, dit
Édouard en frappant la terre avec
son pied, que nous n'en sortirons
pas, si ce n'est pas notre plaisir, et que
les suites de cette affaire, si elles
étaient funestes, intéresseraient plus
votre conscience que la nôtre.

— Gendarmes ! dit le général d'une
voix émue, mais dans laquelle on re-
connaissait le ton d'un homme habitué au commandement ; gendarmes,
dispersez cet attroupement, et arrêtez
les plus mutins.

— Gendarmes, dit Édouard, Monsieur abuse évidemment de l'autorité

dont il est revêtu, ne vous exposez pas inutilement.

— Gendarmes, obéissez ! dit le général d'un ton qui ne permettait pas de réplique.

Les militaires, sur l'ordre de leur brigadier, tirèrent leurs sabres, et firent un mouvement pour cerner les jeunes gens, qui présentèrent aussitôt une ligne menaçante, et entourèrent Édouard en s'apprêtant à se servir de leurs armes. Ragot cessa tout-à-coup d'écrire et s'éloigna prudemment à une trentaine de pas à la droite des acteurs de cette scène inquiétante.

— Arrêtez ! s'écria Geneviève en se jetant au-devant de ses défenseurs avec une énergie et un enthousiasme que son grand âge n'aurait pas permis de lui supposer ; au nom du ciel, arrêtez ! Est-ce donc vous, Matthieu, quoique vous soyez maintenant le maire du pays, qui oserez porter les mains sur le fils de notre ancien bienfaiteur, vous qui reposez riche et heureux sous le toit de ses pères? Hélas! on l'a dépouillé, et maintenant on veut l'assassiner!... Mais je ne serai point la cause d'un pareil malheur. Emmenez mes vaches, Matthieu, si cela vous plaît, et faites-moi aussi conduire en prison.

—Un moment, Messieurs, dit à voix basse le général aux gendarmes, qui, quoique intimidés par la résistance qu'on se préparait à leur opposer, allaient mettre à exécution les ordres qu'ils avaient reçus. Pour qui me prend-on? ajouta-t-il avec véhémence, et vous, Monsieur, qui, d'après ce que je viens d'entendre, êtes sans doute le comte de Crossey, pouvez-vous souffrir qu'on abuse ainsi de votre nom pour outrager un homme qui, dans cette circonstance, fait entièrement abnégation de ses intérêts privés, pour défendre l'autorité publique insultée dans sa personne.

—Je suis fâché, Monsieur, répondit Édouard, que l'aveugle attachement de cette excellente femme soit venu mal à propos faire allusion, en votre présence, à des évènements et à des intérêts qui ont obtenu la sanction des temps et des lois. Mais, Monsieur, si je ne me trompe pas, vous paraissez combattu en ce moment par des sentiments bien opposés ; suivez ceux qui vous sont inspirés par l'amour de la justice, et ne persistez pas à vouloir chasser les habitants de cette commune d'un bien qui leur appartient. Vous avez prononcé mon nom, Monsieur ; il doit vous convaincre que celui qui le porte est incapable de se prêter à une résistance illégale. J'avoue que notre position réciproque est maintenant embarrassante, mais il dépend de vous de terminer une con-

testation qui, s'il faut vous le dire,
n'a été elevée que pour amener une
décision de la justice sur vos prétentions et celles de la commune.

Il y eut alors un moment d'hési-
tation et de silence, que le général em-
ploya à examiner les traits nobles et sévères du jeune homme qui lui adressait
cette fois la parole avec une fermeté
plus conciliante. Il y a dans les préjugés que nous avons reçus dès l'enfance
quelque chose d'irrésistible qui doit
dominer toutes les actions de notre
vie. La certitude d'une résistance
violente n'aurait pu ébranler le courage du général, qui avait bravé tant
de fois la mort sur les champs de bataille, mais il ne possédait point ce
courage civil, fruit d'une éducation
libérale, et que soutient une connaissance exacte des droits et des devoirs
des citoyens; aussi fut-il, malgré lui,
surpris par un respect profond pour

2.   6.

Édouard, qui conservait à ses yeux
toute l'autorité dont ses ancêtres
avaient été revêtus. Il ne pouvait se refuser à reconnaître la supériorité du
jeune homme sur lui, et trente années
d'une vie marquée par tant de catastro-
phes et de changements échappèrent
tout-à-coup à sa mémoire.

— Monsieur de Crossey, dit-il avec
moins d'aigreur, quoique les explications que vous me donnez soient loin
d'être satisfaisantes, je saisis néan-
moins avec empressement cette occasion de vous donner une preuve de l'estime que vous méritez et de la pureté
de mes intentions. Il est possible que
je sois dans l'erreur relativement à la
réalité de mes droits à cette propriété,
qui va devenir un sujet de contestations
sur laquelle les tribunaux prononce-
ront; mais je me trouve heureux de
pouvoir, sans manquer à mes devoirs,
considérer cette affaire comme une

discussion d'intérêts privés. Il ne m'est
cependant pas possible de céder à une
opposition à mes ordres comme magistrat, opposition que je persiste à
croire peu légale et peu prudente; le
rapport de ce qui vient de se passer
sera donc adressé à des autorités su-
périeures à celle que j'exerce. Je réi-
tère l'invitation que j'ai faite à vous et
à vos amis de sortir à l'instant de ce
champ, et je m'éloignerai aussitôt
avec la force armée.

— Je vous entends, Monsieur, répondit Édouard en souriant; mes amis
et moi nous allons vous obéir, puisque vous ne parlez plus comme propriétaire incontestable de ce champ,
mais comme maire de la commune.
A ce dernier titre, vous pouvez être
certain de conserver toujours nos
égards et notre respect. Nous atten-
drons donc le résultat de votre rapport.

Les jeunes gens s'éloignèrent après avoir salué le général, qui reprit le chemin du château avec les gendarmes, en suivant une autre direction.

Peu d'heures après cet évènement, la vieille femme reçut un papier où elle lut les lignes suivantes : « Le général »comte Matthieu Des-Marais permet »à la nommée Geneviève Besson de »mener paître ses vaches dans le ter-»rain dépendant de ses propriétés, et »qui est appelé le pré des Sarra-»sins. Le général comte Matthieu »Des-Marais n'entend point que cette »permission soit regardée de sa part »comme une reconnaissance implicite »des prétentions de la commune, con-»tre lesquelles il proteste de nouveau. »

~~~~~~

CHAPITRE IX.

La veille du départ.

On s'imaginera facilement l'effet que dut produire, parmi les habitants du petit village de Crossey, la scène que nous avons décrite dans les pages précédentes. Ce fut le sujet de tous les entretiens, et chacun jugea cet évènement à sa manière, c'est-à-dire que vers le soir on ne savait trop qu'en penser. Cependant les gens sages et éclairés approuvèrent beaucoup la modération que le maire avait montrée dans cette circonstance, en même temps qu'ils ne pouvaient guère critiquer la conduite d'Édouard: « Car enfin, disaient-ils, n'est-ce pas pour nous, pour la défense de nos intérêts, qu'il a commis cette imprudence, si c'en est une, et ne devons-nous pas lui en savoir gré ? » Bernard disait partout que M. le comte de Crossey était un digne jeune homme, et qu'il avait eu raison de revendiquer le bien des pauvres contre un riche parvenu. Il ajoutait, en frappant sur la poche de sa veste, que s'il fallait plusieurs sacs d'écus pour soutenir les droits de la commune, il connaissait quelqu'un qui les avancerait. M. Manuel ne portait pas le même jugement sur cette affaire, aussi n'en faisait-il part à personne. Le bon curé avait un tact trop sûr et une raison trop éclairée pour ne pas reconnaître qu'une excessive irritation avait seule pu entraîner Édouard à cet acte si imprudent, dans la position où il se trouvait. Quand il revit son élève chéri, il l'accueillit avec sa douceur ordinaire, mais sans faire aucune allusion à cet évènement,

qui avait donné tant d'occupation aux
langues des commères et des impor-
tants du village; c'était sa manière
de blâmer vivement les actions d'É-
douard, et le jeune homme savait
apprécier la gravité de son silence. Il
y avait une autre classe de ces gens
mécontents de tout, et qu'on trouve
en tous lieux, qui ne manquèrent pas
de manifester dans cette circonstance
leur humeur chagrine et inconstante.
« Voyez! disaient-ils, si tout autre
que M. Édouard eût résisté au maire,
on en parlerait long-temps dans le
pays, parceque l'affaire n'en fût point
restée là; mais riches de nos jours, riches d'autrefois, tout cela s'entend à
merveille, et ce sont toujours les pauvres gens qui ont tort. » Le village de
Crossey offrait ainsi dans ce moment
un tableau en miniature de la société,
au sein de laquelle ce qu'on appelle
l'opinion publique est si difficile à sa-

tisfaire, comme elle est insaisissable dans son expression.

Ces bruits divers, présentés quelquefois sous des couleurs plus alarmantes, étaient parvenus jusqu'aux oreilles de Cécile, qui, solitaire et agitée, attendit vainement, dans le pavillon que nous connaissons, celui qui l'intéressait exclusivement, et qui occupait toutes ses pensées. Mais la longue journée s'écoula sans qu'Édouard parût à la ferme; la jalousie était demeurée à moitié soulevée, et la jeune personne n'avait point aperçu, au-dessus de la haie verte qui bordait le chemin particulier du pavillon, s'élever la belle tête dont les traits nobles et imposants remplissaient sa mémoire et son cœur. Bellone, joyeuse et caressante, n'avait point, comme à l'ordinaire, devancé de quelques minutes la présence de son maître. Les sons harmonieux du

piano n'accompagnèrent pas les ac-
cents d'une voix douce et touchante
qui aimait, en l'absence d'Édouard,
à murmurer quelque ancienne ro-
mance où l'espérance et l'amour ré-
pandent leur rêveuse mais consolante
mélancolie. Aux approches du soir
Cécile, triste et silencieuse, s'appuya
sur le bord de la fenêtre; ses yeux
distraits et mouillés de pleurs qu'elle
cherchait à retenir suivaient à l'horizon les derniers rayons du soleil, qui
disparaissaient au travers d'un épais
rideau de nuages pourpres. D'autres
fois elle promenait dans le ciel bleu
ses regards affligés; il était paisible et
pur, et son aspect, si peu en harmonie
avec les pensées de Cécile, semblait lui
rendre plus pénible sa solitude et sa
douleur. La brillante fraîcheur de son
teint avait disparu, et une blancheur
légère y répandait comme une ombre
de tristesse et de rêverie languissante

2.

qui formait une touchante harmonie
avec la candeur virginale de sa physionomie. C'est ainsi qu'une belle mais
fragile rose du Bengale, après une
journée dont la chaleur a été trop vive
pour sa tige délicate, baisse vers la
terre sa fleur à peine épanouie, mais
dont les pétales pâlies se détachent au
premier souffle de l'air.

Il faut avouer que, à part les inquiétudes vagues compagnes insépa-
rables des pensées du premier amour,
Cécile devait trouver un sujet de
craintes plus sérieuses dans l'abandon
inaccoutumé où la laissait son père ;
oui, Bernard lui-même semblait dé-
laisser sa Cécile tant aimée, cette
jeune fille dont la vue réjouissait sa
vieillesse. Combien de fois cependant,
durant cette journée, ne vint-il pas,
jusqu'à la porte du pavillon en mar-
chant avec précaution sur la pointe
des pieds ! Il avait appliqué son oreille

à la serrure, mais le triste silence qui régnait dans l'intérieur du pavillon avait brisé son cœur de père ; il ne s'était plus senti le courage de supporter la présence de sa fille désolée, et il s'était éloigné en essuyant ses yeux humides. Ce jour-là, rien ne marcha autour de lui suivant ses désirs : il fut emporté et querelleur ; il poussa même la préoccupation jusqu'à répondre avec dureté à son fils Jacques, qui le regarda tristement et baissa la tête ; c'était la première fois que son père avait été pour lui aussi injuste et aussi brusque.

Oh ! si pendant qu'elle s'abandonnait à toutes les angoisses de l'attente, Cécile avait pu promener ses regards sur la colline qui s'élevait en face de l'habitation de son père !... Comme les battements précipités de son cœur auraient exprimé l'ivresse de la joie et du bonheur ! elle aurait aperçu l'objet de sa vive et naïveten dresse en proie aux chagrins qui la tourmentaient elle-même, le front triste et pâle, les lèvres entr'ouvertes, soupirant le nom de Cécile, les yeux fixés sur le pavillon témoin des premières joies de sa jeunesse, et retraçant à son esprit accablé tant de doux souvenirs et d'espérances maintenant flétries. Il n'était pas seul cependant, Guillot était auprès de lui, car le jeune homme aurait craint pour ses projets si la présence du compagnon qu'il s'était choisi ne les avait sans cesse retracés à sa mémoire. La loquacité du vieux soldat formait à l'oreille d'Édouard comme un murmure inintelligible pour lui, car toutes les facultés de son esprit étaient concentrées dans une seule idée. Guillot lui parlait de ce combat contre les Sarrasins dont Geneviève avait fait le récit : c'était un texte qu'il ne pouvait facilement épuiser, et qui lui fournissait l'occasion de critiquer la manière dont on faisait la guerre avant la révolution. Il ne connaissait rien au-delà de cette époque, et il ne se formait aucune idée du laps de temps qui s'était écoulé entre le commencement du monde et cet évènement.

— Quoi qu'en dise la mère Geneviève, Monsieur Édouard, dit-il après une longue diatribe contre les temps où l'on ne se servait ni du canon ni de l'infanterie légère, que cinq cent mille diables m'emportent! pardon de l'expression, si son comte Geoffroy, malgré ses côtes de fer, aurait pu résister à la première compagnie de grenadiers de l'invincible trente-deuxième! Et, que cela ne vous fâche pas, Monsieur Édouard, quoique l'on dise que ce comte Geoffroy était un de vos parents dans l'ancien temps... Hein?... Cécile?... Eh! oui, Monsieur, c'est une chose que Cécile Bernard comprendrait.

— Cécile Bernard ! dit Édouard en tressaillant, que dites-vous de Cécile Bernard ?

— Il me semble, Monsieur Édouard, que c'est vous qui en parlez... Tenez, tout vieux que je suis, j'ai encore de bons yeux ; s'il y avait un avant-poste ennemi au château Bernard, et que nous fussions campés ici, je ne perdrais pas un seul mouvement ; par exemple, dans ce moment, je dirais : Le général ennemi fait une ronde, et c'est bien de sa part.

— Bernard entre dans le pavillon de Cécile, murmura Édouard : heureux père !...

— Il donne le mot d'ordre à la sentinelle... continua Guillot.

— Il embrasse sa fille...

— Diable ! le mot d'ordre est un peu long à donner.

— Il la presse sur son cœur... elle pleure peut-être, et il essuie ses larmes...

— Ah! voilà qu'on relève la sentinelle : ni vu, ni connu, le corps-de-garde est fermé.

— La jalousie est baissée, reprit Édouard avec tristesse... adieu donc, Cécile !... et ils reprirent bientôt ensemble le chemin du presbytère.

La scène interprétée si différemment par Guillot et par Édouard venait effectivement d'avoir lieu. La soirée était déjà avancée, et Bernard ne pouvant plus résister à la douce habitude qu'il s'était créée, était entré dans le pavillon de Cécile ; il avait compté que l'ombre du soir, qui commençait à devenir plus épaisse, ne permettrait pas à sa fille de lire sur son visage les sentiments confus qui l'agitaient ; mais il fut encore mieux servi, sous ce rapport, par l'affliction profonde de la jeune per-

sonne. Elle poussa un cri de joie dou-
loureuse en apercevant son père; elle
se jeta dans ses bras, et donna sur
son sein un libre cours à ses larmes.

Le délai que M. Manuel avait demandé à Édouard était expiré : on
était au milieu du quatrième jour
après celui où nous avons placé les
les premiers évènements de cette histoire. Le curé prenait avec son élève
son frugal repas, mais la pensée que
c'était peut-être la dernière fois qu'il
le voyait assis à sa table en face de
lui déchirait le cœur du vieillard ;
peut-être le même sentiment de peine
les affectait-il tous les deux ; ils étaient
silencieux et tristes, et n'échangeaient
que de loin en loin quelques paroles
insignifiantes. M. Manuel n'avait pas
vu sans douleur Édouard s'occuper
depuis trois jours des préparatifs de
son départ, car c'était une preuve for-
melle qu'il n'avait point renoncé à

son projet. Édouard avait pressé dans
un porte-manteau du linge et quelques vêtements, et ce fut en serrant
la dernière courroie qu'il avait seulement songé qu'il ne possédait aucu-
nes ressources pécuniaires pour commencer son voyage. Cette idée le fit
frémir, et en comptant le petit nombre de pièces de monnaie qu'il avait
à sa disposition, une larme brûlante
était tombée sur la dernière. Il se re-
pentit alors d'avoir engagé Guillot à
le suivre : et qu'allaient-ils devenir
ensemble, sans moyen d'existence,
sans espoir de s'en procurer? Devait-
il donc être encore condamné à rou-
gir aux yeux d'un étranger dont il
serait forcé d'invoquer l'obligeance?
car il savait que les revenus bornés
de M. Manuel, diminués si souvent
par sa bienfaisance, suffisaient à peine
à ses dépenses ; ou fallait-il renoncer
à un projet si fortement enraciné dans

son esprit, et dont chaque jour de retard lui avait de plus en plus démontré l'absolue nécessité ?

M. Manuel, qui, comme on l'a déjà dit, avait observé avec douleur ces tristes préparatifs, s'était déterminé la veille à faire un voyage à Grenoble avec Bernard, qui avait attelé en murmurant sa bonne jument grise à sa carriole d'osier. Édouard ne s'était point informé du motif de ce voyage, et M. Manuel ne lui ayant pas, suivant son usage, manifesté le désir qu'il l'accompagnât, cette absence du curé ne l'avait point autrement occupé. Quand le repas fut fini, M. Manuel pria Édouard, en poussant un profond soupir, de le suivre dans sa chambre à coucher, où il avait à lui communiquer plusieurs choses qui l'intéressaient. Le bras du vieillard trembla sur celui d'Édouard, qui marcha lentement auprès de lui, agité

d'une vague inquiétude sur le sujet
de l'entretien qu'il allait avoir avec
l'homme vénérable qui avait élevé son
enfance. Quand ils furent assis, le
curé jeta sur son élève un regard
triste et pénible, et qui cependant
peignait avec énergie toute la tendresse
que le jeune homme lui inspirait. Il
parut d'abord aussi attendri qu'embarrassé; plusieurs fois il eut recours
à sa tabatière, et secoua avec un soin
minutieux, comme s'il eût voulu ga-
gner du temps, les bribes de la pous-
sière odorante qui étaient tombées
sur son rabat. Mais enfin il se souvint
qu'il avait besoin de tout son courage,
car il n'aurait pas voulu devoir à la
pitié que sa faiblesse pouvait inspirer à
Édouard, l'abandon d'un dessein qui
paraissait occuper exclusivement l'imagination ardente de son noble élève.

—Édouard, dit-il en mettant entre
chaque mot une pause qui attestait

son émotion, n'avez-vous point été à la ferme depuis long-temps?

—Non, mon ami, répondit Édouard vivement troublé par cette question inattendue; j'irai probablement encore une fois, mais j'ai cru que je me devais à moi-même de n'y point faire de visites aussi fréquentes qu'autrefois, pour m'épargner des regrets et pour m'habituer à une absence aussi cruelle que je la crois nécessaire...

— Cruelle absence ! en effet, Édouard, reprit le curé; j'aime que vous rendiez justice d'avance à ceux qui vous aiment, et qui peut-être ne seront pas assez heureux pour pouvoir acquérir l'habitude dont vous parlez: mais laissons cela. J'ai été à la ferme, Édouard, j'y ai été deux fois depuis quelque jours.

— Mon digne ami, dit Édouard en pâlissant, vous avez eu cette bonté?

—Oüi, Édouard, j'ai voulu savoir

si vous ne vous étiez pas trompé, et
s'il serait en effet nécessaire que j'ac-
complisse les devoirs que vous recom-
mandez à mon amitié, dans cette lettre, Édouard, dans cette lettre que
j'ai relue tant de fois sans pouvoir me
convaincre de la triste réalité dont
elle n'est que trop l'avant-courrière.

— O ciel ! s'écria le jeune homme
en prenant le papier des mains trem-
blantes de M. Manuel, tous les mots
en sont effacés...

— Ce ne sont pas mes larmes seules, ajouta le bon curé; non, ce ne
sont pas mes larmes qui ont fait dis-
paraître de ce papier les caractères
que votre main y avait tracés... Cécile l'a lu comme moi... et Bernard
lui-même... mais le pauvre Bernard
n'a pas eu le courage de l'achever.
Me pardonnerez-vous, Édouard, d'a-
voir ainsi disposé de vos secrets ?

— Qu'ai-je donc fait, ô mon Dieu !

dit Edouard en pressant le papier sur
ses lèvres, qu'ai-je donc fait pour recevoir d'aussi touchants témoignages
d'attachement des cœurs les plus purs
qui soient sortis de votre main?... O
mon père, permettez-moi de vous
donner un nom dont toutes les affections qu'il suppose dans un fils remplissent mon cœur, pardonnez-moi,
encore une fois, la résolution que j'ai
prise, elle est essentielle au bonheur
de ceux mêmes dont la vie m'est plus
précieuse que la mienne... Oh! dites,
dites-moi ce que Cécile pense de la
funeste nécessité où je suis réduit.

—Il fut un temps, Édouard, où
les paroles de Cécile n'auraient point
étonné mon oreille, mais tant de
longues et tristes années ont pesé sur
ma tête, que les souvenirs n'ont plus
même pour moi la trompeuse et éphé-
mère réalité des songes. D'ailleurs, le
saint caractère dont je suis revêtu

ne me permet pas d'employer, même
en parlant d'un autre, le langage brû-
lant de la plus tendre, de la plus invincible des passions. Je ne chercherai, Édouard, à vous retenir ici, ni
en affaiblissant votre cœur par le tableau de la douleur d'une jeune fille
amoureuse, ni en le guérissant par
un tableau contraire. Je vous dirai
toute la vérité, comme c'est mon devoir ; Cécile est désespérée, sans doute,
vous lui causerez bien des pleurs,
mon cher Édouard, mais enfin sa ré-
signation à vos volontés sera sans bornes, comme l'amour pur et vrai que
vous lui avez inspiré. Elle espère,
Édouard, elle espère en vous, malgré
vous, mais je ne doute pas qu'elle ne
soit prête à tous les sacrifices, même
à celui d'un attachement dont on ne
peut peindre la force, si cela était nécessaire à votre repos ou aux intérêts
de votre fortune.

Contre l'attente du vieillard, Édouard demeura silencieux et les bras croisés sur sa poitrine en écoutant ces détails; il ne s'abandonna point à l'impétuosité de son caractère; sa douleur eut une expression plus grave, car sa passion était véritable et profonde.

—Oui, mon respectable ami, dit-il enfin d'une voix que le tremblement involontaire de ses lèvres rendait insonore et embarrassée, je suis aimé de cette jeune fille, et jamais amour ne fut récompensé par une réciprocité plus vive, plus entière; mais peut-être ne faut-il plus songer à voir couronner cet attachement par une union sacrée et inaltérable! N'en savez-vous pas les motifs, mon ami, ajouta-t-il avec plus de véhémence, et les désapprouvez-vous? N'aimez-vous pas mieux me voir mort qu'un objet de mépris et de dérision?... O fortune!

j'avais appris à te mépriser en lisant
l'histoire de tes favoris, en les voyant
surgir du milieu de la foule; dans
ma profonde sécurité, je n'avais jamais songé que tes brillants menson-
ges pussent être jamais nécessaires au
bonheur des hommes, et je suis cruel-
lement déçu de cette idée. Mon ami,
je veux devenir riche, je réussirai,
n'en doutez pas, et alors je serai le
maître de choisir le bonheur qui sourit le plus à mes désirs.

— Que le Seigneur vous donne la
paix, Édouard! répondit le curé; vous
êtes agité d'une manière terrible...
O mon cher Édouard, n'avez-vous
plus de réflexions à faire?

— Aucune, mon digne ami; maintenant je serai calme, dit Édouard
d'une voix sombre: tout est fini.

— Partez donc, Édouard, reprit
M. Manuel, mais ne reparaissez pas
à la ferme, votre présence y donne-

rait la mort à quelqu'un, si elle devait être suivie incessamment d'une
séparation dont le terme est inconnu.
Oui, partez, Édouard, puisque telle
est votre inexorable volonté. Puisse
l'avenir vous dédommager du sacrifice
que vous faites à l'opinion des hommes. Suivez en cela les impul-ions
de votre conscience. Quant à ce qui
nous regarde, Édouard, il est probable que nous ne nous reverrons plus... C'est sans doute la
dernière fois que vous entendez une
voix à laquelle vous vous montrâtes
onjours si soumis, quand votre in-
domptable jeunesse était, pour d'autres que pour moi, un sujet de cha-
grin. Quand je serai seul. Édouard,
seul dans cette demeure où s'est conservée l'empreinte des pas de votre
enfance. il est bien vrai que je vous
chercherai encore, et que, souvent
trompé par une habitude si douce, si

difficile à oublier, je vous appellerai...
mais vous ne me répondrez pas. Oh!
pardonnez-moi, mon cher Édouard,
je vous afflige sans doute, je sais combien ces tristes paroles pèsent sur votre
cœur. Hélas! ne vous fâchez pas des regrets d'un vieillard qui perd la dernière
joie qu'il eût conservée sur la terre.

—Mon ami... mon père, dit Édouard
d'une voix à demi étouffée par les
sanglots, ce n'est pas sans gémir sur
mon affreuse destinée que j'ai prévu
cette heure fatale et pénible... Hâtons-
nous, oui, je sens que l'épreuve est
trop forte pour moi.

—Un moment, Édouard, cet entretien ne peut finir ainsi, et il me
reste à vous parler sur un sujet moins
déchirant. Voilà, ajouta M. Manuel
en tirant du tiroir de son secrétaire
un sac d'argent et un porte-feuille de
forme ancienne, voilà les actes au-
thentiques qui prouvent votre nais-

sance et les droits que vous avez au nom que vous portez. Ce porte-feuille est un présent que me fit autrefois votre père ; son chiffre y a été tracé , par un habile artiste, avec les cheveux de votre noble et vertueuse mère ; je le remets, Édouard, à celui qui devait être leur héritier, à leur fils légitime.

— Précieuses reliques , dit le jeune homme avec attendrissement et en pressant le porte-feuille sur son cœur, ne m'abandonnez jamais ; et si j'étais assez malheureux pour m'écarter un jour du chemin de l'honneur, vous me rappellerez ceux à qui je dois le jour, celui à qui je dois plus encore.

A ces mots , il saisit la main du vieillard, et la pressa avec respect sur ses lèvres.

— Ce n'est pas tout, Édouard, reprit M. Manuel, ce sac contient trois mille francs ; c'est la première assis-

tance dont vous ayez absolument besoin pour l'exécution de vos projets.
Malheureux enfant! l'argent est peut-
être la seule chose à laquelle vous
n'ayez pas songé! Cette somme est
bien faible, Édouard, elle ne vous
mettra point à même de tenir dans le
monde le rang que vous devriez y occuper, mais enfin, avec cela vous
serez momentanément à l'abri des
besoins de la vie. Surtout, Édouard,
retenez bien ce que je vais vous dire :
si jamais vous éprouviez... si une
gêne!... grand Dieu!... enfin, Édouard,
si jamais vous aviez d'autres besoins,
n'ayez pas la cruauté de les laisser
ignorer à votre vieil ami, vous savez
que tout ce qu'il possède vous appartient...

— Non, non, dit Édouard en frappant son front avec une sorte de dés-
espoir, je n'aurai pas cette lâcheté...
je ne toucherai point à cet argent...

et cependant quel autre moyen?...
oh ! quelle alternative cruelle !...

— Que dites-vous, Édouard? que
dites-vous? Est-ce ainsi que vous m'ai-
mez? Est-ce donc ainsi que vous vou-
driez me ravir la seule raison plausi-
ble peut-être que j'aurai à opposer à
la vivacité de mes craintes, durant
les premiers jours de votre absence?...
D'ailleurs, Édouard, cet argent vous
appartient, et vous pouvez m'en croire
quand je vous l'assure, c'est le fruit
de longues économies qui n'étaient
conservées que pour vous, pour vous
seul. Que prétendriez-vous faire?
que deviendriez-vous sans cela?

— Il le faut, répliqua Édouard avec
tristesse, et cette nécessité impérieuse
me force à accepter encore une fois
vos bienfaits, vos généreux secours.
O le meilleur des hommes! mon vénérable père! que vous offrirai-je en
retour de tant de prévoyance et de

bonté? c'était donc pour moi que, malgré la faiblesse de votre santé, vous avez entrepris hier une course longue et fatigante?... Que je meure!... que je meure bientôt si je ne puis revenir auprès de vous digne d'une amitié dont l'humanité n'offre point d'exemple. Qu'on m'accuse de faiblesse, qu'on doute, si l'on veut, de mon courage... mon respectable ami, j'ai besoin de pleurer...

— Dieu, mon cher Édouard, est le seul maître de nos destinées, et s'il plaît à sa main puissante de jeter quelques fleurs sur les derniers jours de la mienne, il exaucera vos vœux ; que son saint nom soit béni! Mais vous avez parlé de faiblesse, est-ce moi, Édouard, qui puis vous la reprocher? Je ne vous vois plus qu'au travers de mes larmes... Oh! venez, venez sur un cœur qu'animera votre souvenir jusqu'au moment où il cessera de battre ; venez, mon fils, mon élève chéri, recevoir mes derniers embrassements.

— A genoux, s'écria Édouard, c'est à vos genoux, mon père que je dois être placé pour recevoir votre bénédiction, que dans ma reconnaissance j'implore encore comme le plus grand de vos bienfaits !

— Je vous bénis, mon fils, dit le vieillard d'une voix solennelle en imposant les mains sur la tête du jeune homme agenouillé devant lui, je vous bénis ! et puisse ma faible voix, consacrée depuis long-temps au service de Dieu, vous être favorable. Soyez heureux, mon cher Édouard, et mes regrets seront moins amers, et je rendrai à Dieu, sans me plaindre, sans qu'un murmure sorte de ma bouche, la vie qu'il m'a donnée, et dont j'ai la consolation de penser qu'un peu de bien a quelquefois

marqué le cours. Mais, ô mon cher
Édouard! vous m'avez parlé de votre
reconnaissance, si vous croyez en devoir à ma tendresse, à ma sincère affection; promettez-moi que, dans ce
monde où vous allez entrer, vous
n'oublierez pas les idées religieuses
que je m'efforçai de faire pénétrer
dans votre âme. Seules, Édouard,
ces idées consolantes et sublimes peuvent nous tenir lieu de parents, d'a-
mis, de tout ce qui fait notre bonheur ici-bas. C'est par elles, mon
cher Édouard, qu'en ce moment fatal où je vais me séparer de vous, je
puis vous adresser mes adieux sans
mourir de la profonde douleur qui
brise mon âme. Adieu donc, mon
Édouard, je vous bénis.

Il n'est pas possible de peindre la
fin de cette scène attendrissante; les
paroles sont bien faibles quand elles
ont à reproduire ces sentiments inti-

mes et puissants qui fécondent toutes les facultés de l'homme et le rendent, pour ainsi dire, à toute la grandeur, à toute la beauté de son être. Le jeune homme ne put répondre qu'en plaçant une main sur son cœur, comme pour le prendre à témoin du serment qu'il faisait de se conformer aux vœux de son respectable bienfaiteur. Ils se jetèrent ensuite dans les bras l'un de l'autre, et leurs larmes se confondirent, sans qu'aucune parole vînt se mêler à la triste et touchante solennité de leurs adieux. Dans ce moment, quelqu'un frappa rudement à la porte, et un homme vêtu de noir entra dans l'appartement et s'arrêta aussitôt, saisi d'étonnement, à la vue du spectacle qui frappa ses regards.

—Qui êtes-vous, Monsieur, et que désirez-vous? dit Édouard quand il put s'apercevoir de la présence de cet étranger.

— Est-ce à Monsieur de Crossey
que j'ai l'honneur de parler? dit
l'homme noir au lieu de répondre à
la question qui lui était adressée.

—Oui, Monsieur, répondit Édouard
en s'approchant de l'étranger. Me
ferez-vous à votre tour l'honneur de
me dire qui vous êtes ?

— Ce ne sera pas long certainement, Monsieur, reprit l'homme noir,
qui tira alors méthodiquement de sa
poche une écritoire en corne et un
papier timbré, au bas duquel il grif-
fonna quelques mots sans cesser cependant de parler. J'aurais dû m'en
douter, car j'ai beaucoup connu Monsieur votre père avant la révolution, et
vous lui ressemblez singulièrement,
Monsieur. Ah! je vous parle de long-
temps ; il s'est passé bien des choses
depuis ce temps-là, mais cela n'empê-
che pas que vous ne ressembliez beaucoup à Monsieur votre père.

—.Mais de quoi s'agit-il donc ? dit M. Manuel du ton de la surprise et de l'inquiétude.

— Il faut attendre, mon ami, répondit Édouard, que monsieur veuille bien nous *l*'expliquer, car je ne pense pas qu'il soit venu ici pour m'assurer seulement de ma ressemblance avec mon père.

— Non sans doute , Messieurs, reprit l'homme noir, je ne suis pas venu seulement pour cela, et si Monsieur, ajouta-t-il en remettant le papier à Édouard, veut bien jeter les yeux là-dessus, il verra qu'en ma qualité d'huissier près le tribunal civil et correctionnel je suis porteur d'un mandat de M. le juge d'instruction, qui ordonne à M. de Crossey de comparoir par-devant lui.

— Vous auriez pu, Monsieur, dit Édouard qui venait de parcourir

le mandat, vous auriez pu ne trans-
mettre qu'à moi seul les ordres dont
vous étiez porteur.

— Édouard, s'écria douloureusement M. Manuel, ce que je craignais
est arrivé.

—Ne vous alarmez pas, Messieurs,
dit l'huissier, ce n'est rien, absolument
rien. Il y a bien, dans le mandat,
rebellion à main armée contre un
magistrat dans l'exereice de ses fonctions : c'est le langage de la loi et le
style de mon ami et compère le greffier du tribunal. Et d'abord, je vous
ferai observer que ce mandat me donnait le droit de me faire appuyer par
la force armée, ce que je n'ai pas cru
devoir faire, attendu que je sais à qui
j'ai affaire, et que d'ailleurs M. le juge
d'instruction me l'a positivement dé-
fendu.

— Fort bien, Monsieur, répondit
Édouard, je vous sais gré des égards

que vous avez eus pour moi, et je suis
prêt à vous suivre.

— Parbleu! je le pensais bien ainsi,
ajouta le loquace sergent. Oh! ne
craignez rien, le digne M. Lebreton
n'est pas un de ces juges d'instructoin
qui vous font un bon crime d'un sim-
ple délit, et qui savent diriger un interrogatoire dans l'intérêt de la cour
d'assises. Je l'ai vu souvent se fâcher
quand nous faisions mettre les menottes à un accusé; car, après tout,
Monsieur, nous sommes en général
très humains, mais nous sommes aussi
responsables. Au surplus, M. le juge
d'instruction est au château de Crossey, à la mairie, où il vous prie de vous
rendre sur-le-champ.

— Au château! dit Édouard; et ne
pouvait-on choisir un autre local pour
remplir cette formalité?

— Ma foi, Monsieur, répondit
l'huissier, le local ne me semble pas à

dédaigner... Un beau château, par-
dieu ! une vue magnifique, Monsieur.

— Il suffit, Monsieur, dit Édouard
d'un ton péremptoire, épargnez-nous
ces détails, et marchons.

— Édouard, mon cher enfant, reprit le curé, qui avait tout-à-coup
recouvré ses forces, vous n'irez pas
seul devant le magistrat ; je suis votre
tuteur, votre père, j'ai le droit de
vous y accompagner.

— Si Monsieur n'était pas majeur,
dit l'huissier, vous auriez raison, Monsieur le curé ; au surplus, M. le juge
d'instruction ne s'opposera pas sans
doute à votre présence.

— Encore une fois, Monsieur,
ajouta Édouard en offrant son bras à
M. Manuel, nous vous remercions de
vos observations, et nous vous prions
de nous dispenser d'y répondre.

Malgré le brusque refus de son intervention, l'huissier n'en continua

pas moins, dans le chemin du presbytère au château, de raisonner tout haut.
sur l'omnipotence des juges d'instruction et sur la manie du digne M. Lebreton, qui ne voulait pas laisser mettre
les menottes aux accusés.

CHAPITRE X.

L'Interrogatoire.

Lorsque le général était rentré au château après la scène du pré des Sarrasins, il avait paru soucieux et préoccupé, et il était encore plongé dans une sorte de rêverie qui prenait sa source dans quelques circonstances de l'évènement auquel il venait d'assister, quand le zélé et obséquieux Ragot plaça devant lui le rapport qu'il se croyait tenu de faire à l'autorité. Il jeta les yeux sur ce volumineux écrit, et le signa avec distraction, sans en prendre connaissance; il ajouta seulement de sa propre main, et comme pour corroborer les expressions atténuantes qu'il supposait contenues dans le rapport, d'après l'ordre qu'il avait donné à son sécretaire, ces mots :—Je prie Monsieur le préfet de bien croire que je lui rends compte de cette affaire désagréable seulement pour la forme et de ne rien voir de coupable dans la conduite irréfléchie des jeunes gens de Crossey, qui se sont au reste conformés spontanément à la première injonction que je leur ai faite. Le général pensait donc que cette affaire n'aurait aucune suite fâcheuse pour personne, mais M. Ragot avait des raisons pour être convaincu du contraire.

La narration officielle contenait en substance qu'une insurrection avait éclaté tout-à-coup à Crossey, et qu'elle devait avoir pour but de renverser le gouvernement établi, attendu que les factieux, au nombre de plus de deux cents, étaient tous armés jusqu'aux dents. Mais cet affreux complot, à la

tête duquel on n'avait pas vu sans
indignation M. le comte Édouard de
Crossey, jeune homme élevé dans des
principes révolutionnaires, avait été
heureusement déjoué par le zèle et l'a-
dresse de M. Isidore Ragot, secrétaire
de la commune ; M. le maire sollicitait
en conséquence, en faveur de ce personnage doué d'un esprit élevé et d'un caractère ferme, toute la munificence du
gouvernement. Cela paraissait d'autant
plus juste à l'auteur du rapport, que
si l'honorable maire en avait imposé
aux séditieux, il devait avouer qu'il
avait dû en partie cet heureux succès
aux démonstrations et à la conduite
énergique du susdit Isidore Ragot.
On n'avait point oublié dans ce véri-
dique exposé des faits, de dénoncer
à la surveillance des autorités le nommé Guillot, ex-garde de la commune,
aussi bien que le curé et toute la famille Bernard ; on y ajoutait que

M. l'abbé de Saint-Ange, témoin oculaire de tout ce qui s'était passé, était prêt à donner toutes les explications possibles pour diriger les recherches nécessaires à la vindicte publique.

En lisant ce formidable bulletin, M. le préfet fut sur le point de s'attacher à tous les cordons de ses sonnettes pour demander du secours, comme si l'insurrection eût été déjà aux portes de son hôtel. Ce magistrat, étranger au pays, suivant un usage absurde, n'était pas un des aigles de la congrégation; après sa dévotion au Sacré Cœur de Jésus, et quand il avait tourné et retourné la phrase favorite de M. de Marcellus : — l'autel et le trône, le trône et l'autel, il était au bout de sa science administrative. Il fut donc d'abord réellement épouvanté de la révélation importante qui lui était faite; il songea à prévenir le général de division de ce qui se passait, et à convoquer un conseil de guerre, en même temps que les rapides et mobiles ailes du télégraphe porteraient cette grande nouvelle au ministère. Heureusement pour la France, qui, malgré leur fréquent renouvellement, ne s'habituait pas à des scandales de ce genre, M. le préfet, en dépit de sa terreur, lut le rapport en entier, et l'apostille du maire le jeta dans un grand embarras. Pour la première fois de sa vie, il s'avisa de réfléchir, et il pensa dévotement que le zèle pour la bonne cause avait peut-être entraîné trop loin l'auteur du rapport. Le nom de M. l'abbé de Saint-Ange le frappa comme un trait de lumière ; et, convaincu qu'il y avait du jésuite dans cette affaire, il résolut de laisser agir l'autorité judiciaire. Le procureur général n'avait pas moins de dévotion en apparence que M. le préfet, mais il avait un esprit beaucoup plus juste,

et il reconnut bientôt que ce rapport
devait être d'une exagération mani-
feste, et qu'il ne convenait pas à une
cour souveraine d'être mystifiée par
le secrétaire d'un maire de campagne.
En conséquence il adressa la burlesque
narration de M. Ragot au parquet du
tribunal de première instance. Le procureur du roi traita cette affaire
comme toutes celles qui lui étaient
soumises, et il communiqua les pièces
à un juge d'instruction, magistrat
honnête et désintéressé, qui, voulant
tout voir par lui-même, avant d'ordonner les rigueurs de la justice, se
transporta sur les lieux. Tels furent les
degrés de hiérarchie descendante que
le rapport de M. le secrétaire de la
mairie avait parcourus, et c'est ensuite
de cette sage résolution du magistrat
que son appariteur officiel s'était présenté au presbytère.

Athénaïs était depuis quelques jours dans une situation d'esprit nouvelle pour elle. Il arrive ordinairement que plus nous désirons bannir de notre imagination des circonstances qui ont pu l'affecter, plus ces circonstances se reproduisent dans nos idées et les surprennent sous mille formes différentes. C'est comme le souvenir d'un songe pénible qui, sans cesse renaissant, nous poursuit en tous lieux durant le jour, après nous avoir troublé pendant les heures de la nuit. Les distractions que nous cherchons avec avidité deviennent, dans cette hypothèse, les auxiliaires de la pensée fatigante qui nous assiége; cette pensée s'anime, prend pour ainsi dire des formes matérielles, et il ne nous est pas possible d'en éviter le contact douloureux. C'était cet inconcevable et mystérieux effet de l'ardeur de notre esprit qui avait

troublé le repos de la fière Athénaïs,
dès le moment qui suivit sa rencontre avec Édouard. C'était vainement
qu'elle appelait à son secours le mépris qu'elle croyait avoir pour l'être
qui envahissait son imagination af-
fectée. Son emportement, sa colère
même contre ce qu'elle appelait l'in-
solence du jeune homme, étaient autant de ressorts secrets qui agissaient
sur son âme pour le retracer à sa
mémoire. Au travers de ces vêtements
simples et grossiers, elle se rappelait
ces traits nobles et beaux, ce coup
d'œil fier et assuré, ce maintien plein
de grâce et de dignité qui l'avait frap-
pée dans cet inconnu. Elle se repro-
chait sa dureté, le ton d'orgueil et de
dédain avec lequel elle s'était permis
de lui adresser la parole. Il n'y avait,
pensait-elle avec amertume, dans le désert où on l'avait conduite, qu'un jeune
homme bien élevé et d'une nais-

sance distinguée, c'était précisément celui qu'elle avait le moins ménagé. Par quelle fatalité cela était-il arrivé? et que devait penser d'elle ce jeune homme qui avait volé à son secours avec une intrépidité et un dévouement qui auraient dû au moins la la rendre plus circonspecte.

Peut-être bien que ces regrets de la belle Athénaïs tenaient au prestige de ces mots : je suis le comte Édouard de Crossey, prononcés par notre héros avec un ton convenable; mais enfin, quoi qu'il en fût, le cœur d'Athénaïs était troublé, son sommeil était agité; et quand, cédant à la fatigue, ses yeux se fermaient malgré elle, un songe perfide lui retraçait cette scène du tilbury, où tout l'avantage était resté à celui qu'elle avait voulu humilier. Déjà elle s'était plu à causer avec la comtesse de l'apparition romanesque de M. de Crossey sur le

chemin du château ; elle avait écouté
avec une sorte d'attendrissement les
détails que son excellente mère lui
avait donnés sur les malheurs de cette
noble famille, et le peu de fortune de
son dernier représentant avait aug-
menté le vif intérêt qu'elle sentait naître pour lui dans son cœur. Athénaïs
avait demandé à son père, étonné de
ce changement si brusque, la grâce du
pauvre Guillot, et M. l'abbé n'avait pas
été long-temps à s'apercevoir qu'un
parti puissant se formait contre lui au
château de Crossey. Sa présence ne
paraissait plus plaire à Athénaïs, qui
ne la supportait qu'avec peine, et l'on
a vu que, le soir même de l'évènement
du tilbury, cette jeune personne s'était
positivement rangée d'une opinion
contraire à celle de M. l'abbé. Cette circonstance était bien grave aux yeux de
cet ecclésiastique, qui, comme tous
les membres de l'ordre spécial auquel il

appartenait, savait que la faiblesse des femmes était un sûr moyen d'établir sa domination sur tous ceux au milieu desquels il se trouvait.

Quelques jours après celui où le fameux rapport de M. Ragot fut expédié, le général alla un matin promener sa rêverie et les vagues inquiétudes qui l'agitaient sur la vaste et ombreuse terrasse du château. Il rencontra sa fille dans l'une des allées les plus solitaires; elle était, triste et pensive, appuyée contre une caisse d'oranger; ses yeux étaient fixés vers la terre, et elle effeuillait avec distraction une fleur qu'elle venait de cueillir. Elle ne s'était point aperçue, dans l'isolement absolu de ses réflexions, de la présence de son père, mais sa voix la fit tressaillir; elle releva sa belle tête, que vint éclairer un sourire mélancolique, et tendant son bras au général, elle l'accompagna dans sa promenade, sans prononcer une seule parole.

— Sais-tu bien, Athénaïs, dit le général, comme s'il eût donné suite aux idées qui l'occupaient ; sais-tu bien que ce jeune homme est fort intéressant, et que sa situation a droit à tous les égards ?

— De qui voulez-vous parler, papa? répondit Athénaïs en rougissant.

— C'est vrai, je croyais avoir pensé tout haut; je veux parler de ce M. de Crossey, dont il m'a paru que tu avais eu à te plaindre, et je me le rappelle avec peine.

— A me plaindre, moi!... Mon cher papa, je ne sais vraiment ce qui a pu vous le faire imaginer.

— C'est un peu fort; cependant c'est parceque je t'ai vue vivement piquée de sa conduite envers nous que j'ai suspendu Guillot. Je t'avoue

même que cette mesure sévère, prise
envers un si brave homme, m'a beaucoup coûté ; il ne fallait rien moins,
pour m'y décider, que la grosse colère
dont je te surpris animée contre lui.
J'étais, au reste, bien tranquille, ta mère
était là ; et comme c'est un de ses pro-
tégés, je pensais avec raison que Guillot ne manquerait de rien.

— Il est vrai, papa, reprit Athénaïs avec embarras, il est vrai qu'au
premier moment j'ai pu paraître of-
sensée ; c'est une légèreté de jugement,
une vivacité que je me reproche. Mais
ne m'avez-vous pas dit hier que relativement à M. Guillot tout pouvait encore se réparer ?

— Et comment cela ne serait-il pas
possible, mon bel ange, dès l'instant
que tu le désires ? j'ai écrit à ce sujet
au conservateur des forêts, et je ne
doute pas de son empressement à
m'être agréable. Eh bien ! Athénaïs,

tu parais triste, ma chère enfant, tu
ne veux donc pas t'habituer à ce pays?
tu regrettes les salons de Paris; mais
je croyais que cet air pur, que ces
sites charmants qui nous environnent,
pourraient te les faire oublier. D'ailleurs c'est dans ce pays que je suis né.
Nous autres montagnards dauphinois,
Athénaïs, nous sommes un peu enthousiastes de notre berceau.

— Je commence à comprendre ce
sentiment, papa, et vous ne m'aviez
pas trop vanté votre cher Dauphiné.
Une chose me fatigue, c'est que nous ne
recevons que d'ennuyeuses visites. Ah!
papa, c'est une chose cruelle que l'o-
pinion, et quand il faut s'astreindre
à ne voir que des gens pensants de
telle manière, on est bien malheureux.
Avouez, papa, que si l'on trouve à
Paris, parmi les personnes de ce qu'on
appelle notre bord, un peu d'esprit

par-ci par-là, avouez que ces exagé-
rés de département sont d'un bête!...

— Oh! je te l'accorde, Athénaïs,
répondit le général en riant, quoique
l'expression de tristesse répandue sur
sa physionomie parût s'augmenter ;
mais que veux-tu? on ne se compro-
met pas avec ces zélés défenseurs de
la légitimité, et cela console de l'ennui
que cause leur bavardage. Franchement, Athénaïs, ma position
m'afflige quelquefois, et je ne suis pas
très à mon aise quand j'entends mes
bons amis ravaler les travaux de l'ancienne armée, et traiter leurs conquêtes
de brigandages; je suis toujours un peu
brigand dans le fond de mon cœur.
Tu te souviens comme, dernièrement,
le contrôleur des contributions, qui
est un protégé de M. de Villèle, un
gentilhomme comme lui des environs
de Toulouse, s'est permis de traiter
mon vieux camarade le général Foy.

— Vous savez aussi, papa, que je n'ai pas laissé passer sans réponse l'attaque ridicule de M. de Rastignac. Quoique vous ne partagiez pas les opinions politiques de cet homme célèbre, je n'ai pas voulu qu'on se permît devant vous d'outrager quelqu'un dont l'ancienne amitié vous est chère ; un Rastignac, avec son accent de l'autre monde, se moquer de l'éloquence d'un général Foy ! en vérité, cela est trop fort.

— Voilà cependant comme la vie s'écoule tristement, reprit le général en accompagnant ces mots d'un profond soupir, au milieu de ces ridicules appréhensions et de ces dissimulations plus ridicules encore. Ah ! si je n'espérais pas toujours !... Mais c'est pour toi, Athénaïs, que j'ai de l'ambition, pour toi seule, je voudrais te voir établie convenablement, avec un rang élevé dans le monde... C'est

pour cela que j'ai volontairement renoncé à voir mes meilleurs amis, c'est
pour cela que dans mon pays, j'ai
peut-être trop affecté des principes qui
ont rappelé... La mémoire des hommes est terrible !

—Je crois vous comprendre, papa,
mais je n'approuve pas vos regrets.
Pourquoi rougiriez-vous de votre position? vous avez acquis tous vos grades
sur le champ de bataille, et d'ailleurs
ne vivons-nous pas dans un temps où
les préjugés de la naissance ne sont
pas aussi sévères ?

— Ils le sont plus encore qu'on ne
le pense, Athénaïs ; tiens, par exemple, ce jeune Édouard de Crossey
m'en a presque imposé lorsque, répon-
dant avec autant de force que de dignité à la sommation que je lui faisais,
il m'a parlé en homme dont la supériorité est incontestable. Tous ces
paysans qui l'entouraient obéissent

2.

au moindre signe qu'il lui plaît de faire; ils l'aiment, ils lui sont dévoués. Et cependant il est sans fortune, sans influence politique, il n'a rien que son nom; mais c'est beaucoup, et j'en suis jaloux.

Athénaïs était trop éclairée pour ne pas savoir au juste d'où venait la désaffection dont son père se plaignait. Maintenant qu'un voile épais semblait être tombé de ses yeux, elle sentait que le général en perdant son commandement militaire avait tout perdu; car sa bravoure, qui l'avait si bien servi sur le champ de bataille, ne pouvait lui tenir lieu dans la vie civile des qualités qu'on y recherche. Elle comprenait parfaitement que les préjugés de la naissance n'entraient pour rien dans l'attachement que les habitants du pays avaient pour M. de Crossey. Il y a dans notre société nouvelle un sentiment intime et profond de bon sens et de raison qui l'égare bien rarement. Édouard était aimé du peuple parcequ'on savait que les intérêts publics étaient le but de ses opinions et de toutes ses actions, parcequ'on lui savait gré de professer des principes que les gens de sa caste n'ont pas l'habitude de défendre; tandis que le général, né dans un rang obscur, forçait ceux qui se croyaient toujours ses égaux à se souvenir de son origine par l'exagération de ses opinions anti-populaires.

—Mais, papa, dit Athénaïs à demi-voix, et en évitant de répondre au raisonnement de son père, puisque M. de Crossey a fait tant d'impression sur votre esprit, pourquoi ne vous liez-vous pas avec lui?

— Oh! cela n'est guère possible dans ce moment, il faut attendre qu'on ait oublié l'affaire du pré... Non, cela ne serait pas convenable dans ce moment; et puis, Athénaïs,... il y a cet abbé... !

La jeune personne ne répondit pas à cette objection, mais elle avait probablement les moyens de délivrer son père et sa famille de ce censeur incommode, car elle fit un signe de profond mépris qui ne fut point remarqué du général. Dans les dispositions où l'on voit que se trouvaient les habitants du château, on concevra facilement quelle fut leur surprise lorsque l'arrivée du magistrat leur annonça qu'on avait pris au sérieux *l'insurrection* de Crossey.

Un court entretien avec le général et un de ces regards habitués à lire dans les plus profonds replis du cœur humain, jeté sur M. le secrétaire et sur M. l'abbé, suffirent pour convaincre l'habile magistrat qu'il ne s'était point trompé dans ses suppositions, et qu'une haine basse et servile avait dicté le rapport au sujet duquel il

venait remplir ses sévères fonctions.
Mais un nom honorable se trouvait
compromis dans cette ridicule affaire,
et il jugea à propos de venger entièrement M. de Crossey des odieuses
imputations dont il était l'objet ; le
moyen qui lui parut le plus propre
pour y réussir était de donner un cours
régulier à l'instruction dont il était
chargé.

Assisté de son greffier, le juge s'éta-
blit dans le bureau de la mairie, et il
invita d'un ton sévère qui ressemblait
à un ordre positif, M. le secrétaire et
M. l'abbé à assister à l'interrogatoire
qui allait avoir lieu. La porte qui donnait dans le salon était demeurée entr'ouverte, et Athénaïs, placée de manière à tout entendre et à tout voir sans
être vue, attendait avec une anxiété
extrême le dénouement d'une scène
dont le début paraissait si solennel.
Mais la curiosité n'était pas le seul sen-

timent qui l'agitât ; il y avait au fond
de son cœur une autre pensée ; peut-
être était-ce le désir de revoir le jeune
comte de Crossey dans une position
où son caractère noble et fier devait
se dessiner dans toute sa force et dans
toute sa beauté.

Cependant Édouard et M. Manuel
gravissaient la côte escarpée du château, sans prêter l'oreille au bavardage de l'huissier, et aussi vite que le
permettait au vieillard la faiblesse de
ses jambes. Édouard était calme, une
expression de confiance grave et sévère
se peignait dans ses traits ; M. Manuel
était triste et pensif, mais l'émotion
intérieure qu'il éprouvait devenait plus
vive à mesure qu'ils approchaient davantage du château. En pénétrant dans
la première cour où tant de souvenirs
vinrent s'offrir à l'imagination du
vieillard, il leva son chapeau comme
pour honorer la mémoire de ses an-

ciens propriétaires moissonnés par la
mort; cette pieuse marque d'attachement que le temps n'avait point altéré frappa Édouard d'un saint respect; il s'abandonna alors aux vives
impressions que la crainte d'affliger
M. Manuel avait contenues dans son
cœur. Il se découvrit, serra affec-
tueusement la main tremblante de
son respectable ami, ses yeux devinrent humides, et un soupir douloureux
sortit de sa poitrine oppressée.

— Était-ce donc ainsi, murmura-
t-il, que je devais reparaître dans la
maison de mes ancêtres?

— Édouard, dit M. Manuel à voix
basse, qu'aucun sentiment d'orgueil
ne vienne vous surprendre ici; soyez
ferme, mon ami.

L'huissier regardait avec étonnement ces deux personnes dont il ne
pouvait apprécier la position ni connaître les sentiments, et par un mou-

vement machinal qui nous porte assez singulièrement à imiter ce que nous voyons faire, il porta la main à son chapeau, puis reprenant aussitôt son caractère officiel, il précéda ces messieurs et annonça leur présence. Le général s'empressa d'offrir un fauteuil à M. Manuel; mais Édouard, jetant son chapeau sur le siége qu'on lui présenta, refusa obstinément de s'y asseoir, et demeura debout en promenant autour de lui des regards assurés.

— Monsieur, dit le juge quand le plus profond silence régna dans la salle, la loi m'oblige à vous demander quels sont vos noms, votre âge et votre profession.

— Édouard de Crossey, répondit le jeune homme d'une voix ferme, âgé de vingt-six ans, étudiant en droit.

— Vous êtes accusé d'avoir tenté

dans cette commune un soulèvement illégal, d'avoir dirigé un rassemblement qualifié séditieux, et d'avoir enfin résisté, les armes à la main, au maire agissant dans l'exercice de ses fonctions.

— Je n'aurais pas cru, Monsieur, qu'un militaire dont je pensais qu'on vantait à juste titre la bravoure et la loyauté, pût compromettre son honneur par un mensonge aussi bas.

—Si c'est à la conduite de M. le maire que vous voulez faire allusion, Monsieur, reprit le juge, vous saurez tout à l'heure combien vous êtes dans l'erreur; dans ce moment, votre devoir est de vous borner à me répondre, comme le mien est de vous interroger.

— Cela est juste, Monsieur, et je tâcherai de ne plus l'oublier, répondit Édouard en inclinant légèrement la tête. Monsieur, continua-t-il, je n'ai excité aucun soulèvement dans cette commune; outre qu'une action de ce genre répugnerait à mon caractère, puisqu'elle pourrait compromettre d'autres personnes que moi, j'en appelle à cet égard à M. le maire lui-même. On ne peut donner le nom de rassemblement à une douzaine de jeunes gens habitués à se trouver ensemble, et à se réunir pour des parties de chasse; je ne m'abaisserai cependant pas, Monsieur, jusqu'à colorer de ce prétexte notre dernière réunion, elle avait un autre but; quant aux armes dont nous étions porteurs, je répondrai que nous étions tous munis de la permission légale nécessaire en pareil cas; j'attendrai maintenant, Monsieur, sans entrer dans d'autres détails, que vos questions soient plus précises.

— Silence! Messieurs, dit l'huissier à Ragot et à l'abbé qui causaient à voix basse.

— Monsieur le juge d'instruction, dit le général, la réponse de M. de Crossey est parfaitement d'accord avec la vérité, et je ne conçois pas comment le rapport pourrait contenir autre chose.

— Vous allez le savoir, Monsieur, répliqua le juge. Approchez, ajouta-t-il en désignant Ragot. Pouvez-vous affirmer, sous la foi du serment, que le rassemblement en question fût composé de plus de deux cents personnes ?

— Sous serment, Monsieur, répondit Ragot embarrassé en regardant l'abbé, je ne sais vraiment... j'aurais donc pris des buissons pour des hommes ?

— Allez vous asseoir, dit le juge avec sévérité. Monsieur, continua-t-il en s'adressant à Édouard, avez-vous fait usage de vos armes contre M. le maire ?

— Non, Monsieur, et c'est ici le cas de vous expliquer tous les motifs de la conduite que j'ai tenue dans cette circonstance. Si M. le général s'était présenté à nous comme propriétaire d'un champ qui ne lui appartient point, et qu'il eût employé sa valeur pour nous en chasser, il n'y a pas de doute que mon intention bien prononcée était de lui résister ; mais dès l'instant que j'ai pu reconnaître qu'il agissait comme magistrat, il n'a plus eu à craindre une semblable violence. Maintenant, Monsieur, s'il y a eu quelque chose de coupable dans cette réunion, je suis prêt à en assumer toute la responsabilité sur ma tête. Quel moyen pouvais-je employer pour empêcher l'usurpation dont tout ce pays a lieu de se plaindre ? Comment la commune pouvait-elle intenter légalement une action contre son maire? c'est ce que, malgré quelques connaissances en droit, je ne puis décider? Ce n'est pas ma faute si notre législation, sur ce point, est aussi absurde qu'injuste. L'action que j'ai commise, Monsieur, n'avait donc à mes yeux aucun caractère de criminalité. Soumis aux lois, attaché fortement au gouvernement libre qui nous régit, je suis incapable d'avoir voulu donner un exemple dangereux d'insubordination et de révolte. Et s'il m'est permis de croire que je jouis ici de quelque influence personnelle, j'ai la consolation de penser aussi que je ne m'en suis jamais servi que pour y conserver la tranquillité publique, et apaiser des haines politiques qu'on a essayé d'y soulever.

—Bien, très bien, Monsieur, dit le magistrat avec un sourire de satisfaction, les sentiments que vous exprimez vous font honneur.

M. Manuel croisa ses mains en levant au ciel des yeux brillants de joie.

— Monsieur, dit le juge à l'abbé, ce n'est pas sans intention que j'ai cru devoir vous faire assister à cet interrogatoire ; on vous a présenté dans cette relation, qui m'est maintenant suspecte, comme pouvant donner à la justice des renseignements sur cette étrange affaire. Voulez-vous bien vous expliquer ?

— M'interrogez-vous, Monsieur ? dit l'abbé en jetant sur le magistrat un regard dédaigneux. Je n'en serais point surpris, et ce ne serait pas la première fois qu'à la honte du siècle, on aurait vu la justice laïque porter les mains sur les oints du Seigneur.

— Il n'y a point, Monsieur, ré-

pliqua le juge d'un ton grave et sévère, il n'y a point en France d'autre
justice que celle qui émane du roi, et
à laquelle tous les Français sont soumis. Je parle ici, Monsieur, au nom
des lois ; le caractère dont vous êtes
revêtu ne cessera pas d'être respecté,
mais prenez garde d'oublier qu'il doit
s'effacer devant le mien quand je vous
interroge en leur nom. D'après les
renseignements que j'ai cru devoir
prendre avant de poursuivre cette pro-
cédure, je crois pouvoir déclarer que la
réponse de M. de Crossey est conforme
à la vérité, et que le rapport dressé au
nom de M. le maire est erroné sur tous
les points. Je sais encore, Monsieur,
qu'on a abusé, dans cette circonstance, de la confiance de ce magistrat, et que cette pièce, dont l'exagération et la mauvaise foi ont dicté les
expressions, est l'ouvrage du nommé
Ragot, secrétaire de la mairie ; je sais

encore, malheureusement pour vous,
Monsieur, que vous n'êtes point étranger à sa rédaction, et maintenant,
Monsieur, je vous ordonne de me répondre.

— C'est fort bien, Monsieur, reprit l'abbé dont les lèvres pâlies étaient
agitées par le sourire de la colère et
du dédain; voilà comme on s'empresse
de calomnier un prêtre! Malgré les
renseignements que vous avez pris,
je persiste à déclarer qu'il règne dans
cette commune le plus mauvais esprit, que tout les faits contenus dans
ce rapport sont vrais au fond, et que
ce n'est point la vérité que vous avez
entendu sortir de la bouche de l'accusé. Je déclare, en outre, que cet
accusé est dans ce pays un chef de
parti, et qu'imbu des plus mauvaises
doctrines, il est affreux, Monsieur,
qu'il trouve un appui dans la justice
qui devrait le punir.

— Quelle horreur ! s'écria Édouard en frémissant d'indignation.

— Édouard, dit M. Manuel, contenez-vous, mon ami, c'est à moi de répondre. Je suis profondément affligé, continua-t-il avec une dignité calme ; oui, je suis désolé d'entendre d'aussi amères paroles sortir de la bouche d'un ministre de douceur et de paix. M. Édouard est mon élève, mon enfant chéri ; s'il a des vertus, il les tient de Dieu, sans doute, mais aurait-il appris de moi à méconnaître les lois de son pays ? Savez-vous, Monsieur, que vous outragez un jeune homme dont les parents sont morts victimes de leur fidélité au roi et de leur attachement à la foi de nos pères ? Ah ! rétractez, rétractez ces affreuses calomnies qui vous sont sans doute suggérées par des avis mensongers.

— Non, Monsieur, répondit l'abbé en quittant son siége, non je ne ré-

tracterai rien ; je vois, hélas ! à la
tournure que prend cette affaire, que
le zèle pour la religion et le dévouement au roi seront étrangement présentés à des yeux qui ne sont que trop
disposés à les envisager sous cette couleur. Je ne reconnais point ici le pouvoir insolent en vertu duquel on s'est
permis de m'interroger, et je m'éloi-
gne pour éviter d'être le témoin d'un
plus grand scandale. A ces mots, il sortit précipitamment de la salle.

— Abrégeons cette scène, Messieurs, dit le magistrat qu'une juste
indignation paraissait accabler. Gref
fier, hâtez-vous de clore le procès-
verbal, que ces messieurs signeront
après en avoir entendu la lecture.
Quant à vous, Monsieur de Crossey,
soyez parfaitement tranquille, et laissez-moi le soin de terminer convenablement cette triste affaire. Je
vous crois en droit de former une

plainte en accusation calomnieuse contre MM. Ragot et Saint-Ange : entendez-vous la faire ?

—Non, Monsieur, répondit Édouard en se jetant dans les bras de M. Manuel ; ne suis-je pas assez vengé, et n'avez-vous pas entendu le véritable ministre du Seigneur ? D'ailleurs, d'après ce que j'ai cru entendre, le nom de M. le maire, qui est demeuré étranger à cette infâme délation, s'y trouverait mêlé, et je méprise trop mes calomniateurs pour leur faire l'honneur de me plaindre de leur calomnie.

— C'était mon devoir comme magistrat de vous faire connaître vos droits, dit le juge ; comme votre concitoyen, je dois louer la résolution que vous avez adoptée. Il me reste, Monsieur, à me féliciter d'avoir pris de vous une haute opinion dans des circonstances où votre caractère avait été si odieusement présenté, et à vous

demander votre parole que vous ne
vous absenterez point de cette commune avant le délai de quinze jours.
Ceci est absolument pour la forme,
mais il faut que la justice ait son
cours.

— Je serai toujours soumis à tout
ce qu'elle exige, Monsieur, et vous
pouvez compter sur ma parole.

— Que Dieu soit béni! dit M. Manuel à voix basse.

Quand toutes les formalités furent
remplies, M. Manuel et Édouard se
disposaient à quitter le château. Ragot,
pâle et tremblant sur le banc où il
était assis, cachait son visage dans
ses mains.

— Monsieur, dit le général en s'a-
vançant près d'Édouard, je suis vivement touché de votre noble conduite.
Croyez à tous les regrets que j'éprouve,
et ne m'en veuillez pas de vous avoir
méconnu. Vous voyez que les rois ne

sont pas seuls exposés à suivre les impulsions des mauvais conseillers. Monsieur de Crossey, je suis digne de votre estime.

— Je n'en veux point douter, général, répondit Édouard en lui tendant la main avec la franchise et la loyauté d'un jeune homme. J'espère maintenant que nous pourrons terminer à l'amiable la contestation qui a donné lieu à ce qui vient de se passer, si vous me permettez d'être, auprès de vous, l'avocat de la commune; mais avant tout, Monsieur, j'ai une grâce à vous demander, c'est de pardonner à cet homme qui, je le sais, a besoin de sa place.

— Vous me fournirez, j'espère, l'occasion de m'entretenir de ce sujet plus au long, dit le général en jetant sur Ragot un regard de mépris.

— O maman! maman! s'écria Athénaïs qui n'avait rien perdu de cette scène, et en se jetant dans les bras de la comtesse tremblante ; maman, je suis bien coupable et bien malheureuse, je sens maintenant que je l'aime... que je l'aime plus que ma vie.

FIN DU TOME DEUXIÈME.

ŒUVRES

DE

A. BARGINET,

DE GRENOBLE.

LES MONTAGNARDES, tradition dauphinoise, 4 vol. in-12.   12 f.

LA COTTE ROUGE, histoire dauphinoise du 17ᵉ siècle, 4 vol. in-12.   12 f.

LE ROI DES MONTAGNES, ou les **COMPAGNONS DU CHÊNE,** tradition dauphinoise du temps de Charles VIII, 5 vol. in-12.   15 f.

LES DEUX SEIGNEURS DU VILLAGE, histoire de ce temps,   vol. in-12.   12 f.

Sous presse.

LE GRENADIER DE L'ILE D'ELBE, épisode des cent jours, 2 vol. in-8.

LES AYNARDS ET LES ALLEMANS, légende historique des montagnes et de la vallée de Graisivaudan sous le règne du dauphin Humbert II, 4 vol. in-12.

www.ingramcontent.com/pod-product-compliance
Lightning Source LLC
Chambersburg PA
CBHW050353030726
47503CB00006B/1826